EL REINO

Edición exclusiva impresa bajo demanda por CreateSpace, Charleston SC.

.CERO

EDICIONES PUNTOCERO
e-mail: contacto@edicionespuntocero.com
Twitter: @ed_puntocero
www.edicionespuntocero.com

ISBN: 978-84-17014-28-5

Diseño de colección
Ediciones Puntocero

Diagramación
Sara Núñez Casanova

Corrección
Virginia Riquelme

Fotografía de portada
xxxxx

Fotografía del autor
Manuel Reverón

Printed by CreateSpace, An Amazon.com Company

EL REINO

Lucas García

.CERO PUNTOCERO
FICCIÓN

A Yamila.

**PRIMERA PARTE
ESPECTROS POP**

BAHAMUT

LEO «MANUAL DE ZOOLOGÍA fantástica» de Jorge Luis Borges. Me quedo dormido terminando el siguiente párrafo:

> Dios creó la tierra pero la Tierra no tenía sostén y así bajo la Tierra creó un ángel. Pero el ángel no tenía sostén y bajo el ángel creó un peñasco hecho de rubí. Pero el peñasco no tenía sostén y bajo el peñasco creó un toro con cuatro mil ojos, orejas, narices, bocas, lenguas y pies. Pero el toro no tenía sostén y así bajo el toro creó a un pez llamado Bahamut, y bajo el pez puso agua y bajo el agua puso oscuridad, y la ciencia humana no ve más allá de ese punto.

Sueño que acudo al lecho de muerte de Stanley Kubrick. Descansa en una cama, rodeado de aparatos médicos que monitorean sus decrecientes signos vitales. Se me ha concedido efectuarle una última entrevista.

Hablamos acerca de sus películas, la limpieza de sus imágenes, su obsesiva precisión. Le pregunto sobre la leyenda urbana que le atribuye el haber filmado un falso alunizaje del Apolo 11. El timo audiovisual más espectacular en la historia de la humanidad, perpetrado por el cineasta más genial en la historia de la humanidad.

Kubrick asiente y cierra los ojos. Un pesar insondable cubre su rostro como un velo finísimo. Confiesa que la leyenda es cierta. Nunca hubo un viaje a la Luna. La conspiración había sido perpetrada con la ayuda de los altos jerarcas de todas las naciones del mundo.

¿Por qué?, pregunto con un hilo de voz.

Porque la humanidad no podía saber la verdad, responde.

¿Cuál verdad?

Me muestra unas fotos tomadas por satélite. La Tierra contemplada desde una distancia sideral.

Y debajo de la Tierra hay un ángel enorme. Debajo del ángel una montaña de rubí. Debajo de la montaña un toro imposible de ojos desorbitados. Debajo del toro un pez que reposa en el agua.

Y después hay oscuridad y no puedo ver nada más.

ESTRELLA INVITADA

REVISÉ BOLSILLOS EN PANTALONES y camisas. Coloqué monedas y billetes de baja denominación entre ceniceros rebosados y botellas vacías.

Me dolía contar. Me dolía escuchar las monedas chocando entre sí, contra la fórmica, rozando el maldito aire. Me dolía el paso de los billetes deslizándose entre las yemas de mis dedos.

Reuní lo suficiente para unos Valium y una botella de bebida isotónica. Me calcé los lentes oscuros. Salí dando tumbos del cuarto.

El ascensor no funcionaba. Vomité un líquido transparente en las escaleras de emergencia. Sonó una cosa horrible que, según me habían dicho, cantaban unos tipos con nombre de *facciolli nieri*. Tardé medio año en descubrir que era el *ringtone* de mi celular.

¿Cómo vamos, Troop?, preguntó Huan en inglés.

Preparado para esta noche…, farfullé, apretando el esfínter.

Me detuve para no hacerme en los pantalones. El Samsung pesaba una tonelada.

De eso quería hablar, Troop. Me temo que malas noticas...

¿Ah?

¡Mataron al productor! ¡Al parecer problema de drogas! El capital voló. No tenemos para pagar producción y actores. Tenemos que cerrar filmación...

¿Y mi pago?

No molestarte, Troop, estamos en eso. Eres uno de los pocos que van a *colect*. ¡Eres la estrella invitada!

Coño, pero no tengo un céntimo. ¿Qué voy a comer esta noche? ¿Cómo me voy a ir?

¿Y el adelanto?

El adelanto era una pila de botellas de moscatel thai, bolsas y bolsas de cocaína thai, comida dulce picante thai, perras thai, las monedas tintineando y el par de billetes con desconocidas caras asiáticas thai con las que pensaba comprar Valium y bebida isotónica.

Tengo un estilo de vida costoso, Huan, balbuceé.

Mierda, suspiró Huan asombrado. Adelanto el pasaje de vuelta para que te vayas esta noche a casa, Troop.

¿Adelantar la vuelta? Eso va a costar un pastón, Huan.

Descuento de pago, Troop.

Miré el cielo grisáceo, respiré el ambiente a monzón. Vi pasar transeúntes thai para los que yo era un exótico animal de Occidente.

El paladar me sabía a lágrimas y a ese reseco, pastoso y calcáreo, que deja la cocaína.

¿Qué mierda hago acá, *Santa Madonna*?, exclamé.

¿Venir a follar la reina de porno tailandesa?, respondió Huan luego de un incómodo silencio.

¡Eso iba a ser esta noche, coño!

La comunicación se cayó.

Diarrea y película de Stallone en el avión. En medio de explosiones y miembros cercenados en la selva lluviosa reconocí a algunos de los extras que me habían acompañado en las pocas escenas rodadas.

Sudores fríos. Recordé los pocos planos filmados. El traje barato de lino blanco. A Stella Mhin Ramos, la reina del porno tailandés, frente a quien iba masturbarme a la víspera, obligarla a un *fellatio*.

Mis intestinos fueron anacondas atacando a un buey bajo la camiseta de imitación de Cavalli.

Stallone accionaba una ametralladora. Sus blancos estallaban y se desintegraban. Vísceras rojas y moradas llovían sobre nosotros, los imbéciles espectadores. Cerré los ojos. Mareos y la piel de chocolate blanco de Mhin Ramos. Imaginé chorros de semen sobre sus labios morenos. Fui dando tropezones en mi tercer o cuarto viaje al baño.

El espejo me devolvió la cincuentena. La belleza viril venida a menos. Los *lifting* alcanzando sus fechas de vencimiento. Las ojeeeeras.

Vomité, defequé, me eché agua en la cara. El reflejo no se modificó ni un ápice.

Salí al pasillo. El capitán dijo algo en thai y algo en inglés. El rostro de Stallone era una bolsa transparente rellena de carne molida, a punto de reventar, ojos enloquecidos y dientes apretados. Las azafatas me empujaron al asiento.

Emergency, dijeron, *emergency*.

¡Minquia!

El avión dio un par de fuertes tumbos. A mi alrededor gemidos y rezos. Yo solo pensé que mi nombre real era Gesualdo Maria Farfaremo. Que mi nombre artístico era Steve Troppo. Que iba a morir y esperaba que mi madre no leyera los obituarios donde se alabaría mi destacadísima carrera en la industria del entretenimiento adulto.

Bajamos dando tumbos por las escalerillas. Una lluvia caliente nos empapaba, los demás pasajeros agradecían a Alá, a Jehová, a Kundalinhi, a Buda.

El aeródromo quedaba en medio de la nada. Podía ver selvas de un verde desvaído, cielos grisáceos. Detrás de unas mallas metálicas los bueyes impávidos nos observaban. Yo lloraba, con mareos, con ganas enormes de defecar.

Experimentábamos la confusa felicidad posterior a un aterrizaje forzoso. Las azafatas se abrazaban y, con la lluvia y las lágrimas corriéndoles el maquillaje, señalaban las entradas a un aeropuerto de mierda.

Una mujer con un traje estampado me abrazó, junto con sus hijos.

We are alive!, chilló a mi oído, *We are alive!*

Atravesé una multitud de pasajeros que habían nacido por segunda vez, encaré a los soldados de pacotilla, a los oficiales de aduana sobrepasados por los acontecimientos.

Me metí en el primer sanitario que encontré. Esnifé la poca coca que había guardado para el viaje. Ingerí las tres pastillas que me quedaban, vacié mis tripas y oriné un líquido tan anaranjado que brillaba en la penumbra.

¡Estaba vivo! ¡Mi miserable existencia continuaba!

Afuera reinaba el caos. No entendía el idioma. Tenía unas ganas locas de volver a Bologna, comerme unos *envoltinni*, follarme a una chica.

Are you Steve Troppo?

Me lo preguntó una asiática pálida, de duros rasgos mongoles. Llevaba pantalones caqui, una camisa blanca de mangas largas. ¿Aduanas? ¿La aerolínea?

I am a fan of your work...

¡Una fan!

Quince minutos antes había estado a punto explotar en medio de la selva como un meteorito de serie B, ahora me encontraba en tierra firme frente a una admiradora oriental del porno europeo. Mi cerebro achicharrado computó las primeras posiciones a las que sometería su duro cuerpo anguloso, las barbaridades que podría decirle mientras le lamía el coño.

Its a honor, a pleasure, to meet you...

Oh sí, nena, murmuré en italiano.

Me tomó del brazo, buscamos solaz en el ajetreo.

Para ustedes carece de sentido, para mí seguía la habitual lógica de mi cotidianidad: cualquier situación (reponer un bombillo, llevar el coche al mecánico, quedarse hasta tarde en la oficina), *cualquiera*, estaba condenada a terminar en un polvo.

I can't believe is you.

Ya me había pasado en estrenos y convenciones, con *starlets* y coprotagonistas, con alguna madre de familia o una de esas profesionales liberadas. Ahora iba a pasarme allí, en el quinto coño del sudeste asiático.

Todo me daba vueltas. Tenía una erección, quería vomitar. Arribamos a un pasillo desierto donde almacenaban cajas y botellas plásticas.

Entonces sus ojos se endurecieron, apretó sus estrechos labios carnosos. Yo aferraba ya un *Lambskin* con sabor a maracuyá en el bolsillo de mi chaqueta cuando sentí un pinchazo en el cuello.

Las luces se apagaron. La boca me supo a lo que sabe el piso en el quinto coño del sudeste asiático.

Soñé que escogía, de un exhibidor gigantesco, condones de colores acaramelados, que jugaba al Nintendo sin entender el funcionamiento de los controles, que me encontraba en casa de mi *nonna*, en Bologna, escuchando a Alberto Sordi cantando en una vieja radio.

Il papa papa papa
Il popopopopopopopopo-po

Desperté.

Necesitaba orinar. Necesitaba unas líneas. Un cocodrilo me masticaba las sienes.

Daba tumbos en el asiento posterior de un jeep. Podía ver un camino de tierra en medio de la selva, escuchar la lluvia repiqueteando en el techo de loneta. A la chica y a un desconocido en los asientos delanteros.

Voy a vomitar, balbuceé, mi lengua desconectada del resto de mi cuerpo.

La Dama Dragón volteó. Su sonrisa pérfida, sus ojos como de hielo negro.

You are a lucky man, dijo.

Iba a gritarle que me hablase en puto italiano, pero antes de que pudiese abrir la boca hincó una hipodérmica en mi cuello.

Il papa papa papa
Il popopopopopopopopopo-po

Desperté de nuevo. Se escuchaba un clamor ensordecedor. Ruido de motores. La Dama Dragón sentada a mi lado. Por una ventana un cielo gris, cajas de madera marcadas con caracteres chinos.

¡Coño, no, otro avión!, fue lo primero que pensé.

No me pinche otra vez, balbuceé.

Take easy, lucky man.

Mi cerebro no daba para más. Si aquello era una porno, ¿por qué no estábamos ya follando? Si aquello no era una porno, ¿qué otra cosa podía ser? Había escuchado del tráfico de órganos en el sudeste asiático pero, ¿quién podía estar tan loco como para quitarme los órganos a mí, que los tenía vueltos mierda?

¿Qué está pasando?, pregunté.

You are gonna meet your destiny, mister Troppo, respondió la mujer.

¿Qué?

The loving leader has summon you...

Acarició mi rostro, el avión inició el descenso. Mi estómago realizó *fligflags* y no hubo necesidad de otra inyección.

Alberto Sordi volvía a sonar en la radio.

Me despertó el frío. El interior de un vehículo todo terreno. La Dama Dragón escrutaba con unos binoculares el horizonte, tras un parabrisas salpicado de nieve.

No sabía lo que me habían inyectado esta vez, pero sentaba muy bien. Mi captora habló entonces en un italiano que hubiese puesto verde de envidia a Mónica Vitti.

Pocos tienen esta oportunidad en la historia de los hombres, dijo.

Por mi mente cruzaba el recuerdo de unas crepes de pato laqueado que me sacaban lágrimas de felicidad en Vía Sabotino y la imagen de la Dama Dragón, Estela Ming Ramos y yo esnifando coca y haciéndolo como locos mientras un director exclamaba:

¡Bello, Troppo, bello! ¡Córrete sobre sus caras!

La estepa tenía la blancura del mantecado. El viento producía minúsculos tornados sobre las secciones descubiertas de una vía férrea. Yo no paraba de sonreír. La mujer me dijo que me bajara del vehículo. Mis dientes se forraron de escarcha.

Arribaba un tren. Una locomotora acorazada, un portaviones rodante con torretas de cañones, lanza mísiles, soldados armados apostados en minaretes que coronaban algunos vagones.

Seguí sonriendo cuando se me indicó abordar el tren, cuando se me condujo a través de pasillos donde uniformados asiáticos me observaban con sus rostros carentes de cualquier emoción. Sonreía gracias a las drogas y el frío estepario que había petrificado mis facciones.

Y no paré de sonreír hasta llegar a una estancia que era una gran sala de proyección. En la enorme pantalla se reproducía una escena de *Goldfinger*.

Cuando empecé a actuar yo siempre quise ser como Sean Connery. Su carisma, su *sex appeal*. Eventualmente se evidenció que lo que tenía carisma y *sex appeal* era mi polla así que...

Un hombre contemplaba la película. Estaba rodeado de lo que me pareció el estado mayor de un ejército de país imaginario, de esos que aparecían en los *fumetti* de Tintín. El hombre se volvió hacia mí. Era bajo. Su cabello de mechones erizados y sus rasgos orientales hacían pensar en una copia de Don King para el mercado asiático. Usaba una túnica. Llevaba gafas enormes. Esa clase de tipos que al entrar en la cincuentena se convierten en una versión grotesca de sus madres.

Nos sonreímos. Dijo algo que no entendí. La Dama Dragón exclamó:

El amado líder, el hijo del cielo, el soldado imbatible, el comandante en jefe de las gloriosas fuerzas armadas y el presidente vitalicio de Corea del Norte, el gran Kim Il Sung II, te da la bienvenida, Steve Troppo.

Chispas se regaron por mi cerebro. Mire el culo pintado de dorado en la pantalla. Sin dejar de sonreír me volví hacia mi captora.

Necesito otra dosis de lo que me están dando, farfullé.

Me explicaron que habían propiciado un contratiempo con el productor de la peli con Ming Ramos para apurar mi salida de Tailandia.

¿Lo mataron?, dije. Los ojos me giraban en las órbitas. Tenía ganas enormes de reírme, cagar, llamar a mi madre. Tomé otra cápsula. Las ganas de llamar a mi madre se aplacaron.

No, Tropp, dijo la Dama Dragón. Ahora todos en la sala se dirigían a ella llamándola camarada agente Jinken. Propiciamos un encuentro con sus asociados, explicó, pero sobreestimamos su capacidad de crédito y de negociación.

Me explicaron que habían saboteado el avión para forzarlo a aterrizar en un aeropuerto cercano a la frontera.

Pudimos habernos estrellado en el medio de la puta selva, murmuré. Ahora sería un borrón entre los putos bananos.

La piel me burbujeaba. Quería helado de chocolate, untarme el falo con algún tipo de aceite afrodisíaco.

Imposible, dijo la camarada agente Jinken. Todos los detalles del operativo fueron planificados y ejecutados perfectamente por mí.

Sus superiores asintieron satisfechos en la penumbra. Shirley Bassey cantaba:

Gooooooldfinga, nah naaaaah nah.

Jis de man, de man wit de goooolden toch. The maaaidas toch.

Me explicaron (de forma mucho más técnica, indicando todas las leyes de soberanía internacional que se habían pasado por el forro, las rutas de vuelos fantasmas, usando términos como encubierto, situacional, ventana de oportunidad, zona de extracción, *rendez vouz*) que habían hecho todo esto porque el gran líder tenía un plan para mí.

No quería preguntar qué plan. Tampoco quería sonreír, o tener una erección viendo cómo emergía el níveo cuello de la camarada agente Jinken de su abrigo militar de invierno.

Pero sonreía tanto que tenía secas las encías. Mi polla forcejeaba como un animal ciego contra el pantalón de fatiga.

¿Cuál plan?, pregunté.

El Amado Líder se incorporó. Las miradas convergieron en él. Manipuló el control remoto.

Me materialicé en la pantalla quince años atrás. Taladraba sin piedad a Ute Sugar en una escena de *La bibliotecaria sueca*, uno de mis éxitos más celebrados por miles de anónimos pajeros alrededor del mundo. Recordé las condiciones de esa filmación: las anfetas, el calambre en las nalgas. ¡Intenta ejecutar una penetración anal con un pie en el piso y otro sobre la mejilla de tu coprotagonista y ya me contarás lo que opinan tus glúteos al respecto!

El Amado Líder habló. Era como ver a mi *nonna*, Dios la tenga en su gloria, al final de sus días. Y, como mi *nonna* al final de sus días, tampoco entendí un carajo de lo que decía.

Esto es lo que puebla las mentes del enemigo, tradujo la camarada agente Jinken. Las películas son el canal a través de las cuales *esto* penetra. Olvidemos la propaganda y el adoctrinamiento. Olvidemos los misiles intercontinentales y los ejércitos de millones de soldados. *Esto* es lo que debemos controlar. *Esto* debe ser nuestra arma. Necesitamos un hombre para lograr este objetivo, con la experiencia y el carisma necesarios. Un hombre que represente a nuestra patria en esa pantalla.

El Amado Líder me señaló con el telemando. Temblaba un poco y sus ojos parecían insectos negros atrapados tras los gruesos cristales de sus gafas. Habló más. A sus espaldas Ute Sugar chillaba con el dedo gordo de mi pie entre sus dientes.

La camarada agente Jinken tradujo.

He estado siguiendo tu carrera, Steve Troppo. Cómo tu falo doblega las carnes de Occidente, cómo tu magnetismo atraviesa la película luminosa de la pantalla. ¡Te he elegido a ti para que te conviertas en la viril vanguardia de nuestra conquista del mundo!

El Amado Líder se acercó hacia mí. Me abrazó con sus cortos brazos, su piel olorosa a Paco Rabanne, incienso y aquella vaselina que vendían en minúsculos tarros de latón, con la figura de un tigre pobremente dibujada en la tapa. Comencé a llorar.

La felicidad me embargaba. Las últimas neuronas funcionales en mi cerebro saltaban como esas palomitas de maíz que se hacen de golpe en el microondas. Todos aplaudieron.

Welcome, Troop, dijo el Amado Líder.

La camarada agente Jinken introdujo otra capsula entre mis labios.

Primavera en Pyongyang.

Los procedimientos cosméticos y el entrenamiento psico-físico se han completado. Aun así, cuando fallan las dosis de inyecciones y de pastillas, me da por chillar en boloñés y recorrer las calles comiendo hojas resecas y cagando a los pies de ciertas estatuas conmemorativas.

Hoy filmamos las primeras escenas de *La perla de los dioses*. La trama es bastante similar a *James Fuck contra Olga Pussy*, que protagonicé en los ochenta, pero con cambios en la nacionalidad del Servicio Secreto y el número de mujeres en la escena de la sala de torpedos. El director es un japonés muy reconocido en su país, a quien secuestraron expresamente para este proyecto.

Es el primero de una serie de filmes que inundará el mercado de Bluray, DVD y Pay per View para el próximo quinquenio.

Aún me cuesta reconocerme en el espejo pero me voy acostumbrando. El pelo negro a cepillo, mis nuevos rasgos mongoles, mis negrísimas pupilas.

Me quito la bata roja y entro en el estudio. La agente camarada Jinken me espera desnuda sobre la cama circular. Miro cómo se abren sus piernas en el espejo del techo.

Ooh, camarada Troppo, susurra.

Estoy listo. Mi polla apunta hacia el occidente como una ojiva nuclear.

¡Acción!

MOONWALKING EN TEGUCIGALPA

NUNCA HAS ESTADO EN ESTA habitación. Susurro de aire acondicionado. Poca luz. Es como soñar, piensas. Pero más vivo. Diáfano.

Recorres el cuarto. Un piso de mármol viejo, una alfombra genérica marrón. En la cama la forma residual de tu cuerpo compuesta por pliegues y dobleces.

Una mesa de noche de chapa de madera, una lámpara con una pantalla de desvaído caqui. Abres el único cajón. Tomas la biblia de segunda mano y la abres en cualquier parte:

Eclesiastés 9:5, «Porque los que viven saben que han de morir; pero los muertos nada saben, ni tienen más paga; porque su memoria es puesta en olvido».

Buscas un baño, enciendes la luz.

En las paredes estallan azulejos celestes, una ducha cubierta con una puerta corrediza de acrílico opaco. Tu rostro materializado en el espejo sobre el lavamanos.

Es tu rostro *Thriller*. Tu rostro 1984. África y el Imperio grecolatino. Quincy envolviéndote con su instinto infalible.

Haces expresiones. Alegría / Sorpresa / Intensidad. Recreas medio millón de portadas y tapas de vinilo, viajas en el tiempo susurrando un viejo *hit*.

Se escuchan disparos. Ensayas unos pasos y abres las cortinas del balcón. El sol te encandila. En la calle avanza un pelotón de soldados. Reprimen una manifestación. Disparos al aire y gases lacrimógenos.

Oyes gritos, imprecaciones. Reconoces insultos en español.

El paisaje no te dice nada. Eres incapaz de precisar dónde te encuentras.

Te pones unos brillantes zapatos de patente. Te calzas el guante de lentejuelas. Tomas tu sombrero en la esquina del espaldar de la silla.

Los pasillos del edificio están desiertos. No hay ascensor. Bajas un par de pisos por escaleras pobremente iluminadas, bombillos de luces parpadeantes, sonando como si la luz fuera un insecto atrapado en un frasco.

Es la recepción de un motel. El recepcionista y una mujer de limpieza miran la televisión. Sus rostros pávidos y aindiados iluminados por la pantalla.

Pasan caricaturas, luego un boletín especial. Ves a un hombre de anteojos en medio de un congreso. Sus palabras no tienen el menor sentido. La mujer de limpieza se persigna. El recepcionista se pone a vitorear.

Sales a la calle. Alguien lleva cargado a un amigo herido. Un jeep del ejército cruza la esquina. Visualizas una coreografía que solías ejecutar, ensayas unos pasos, empiezas a calentar.

Las tiendas y los comercios están cerrados. En ocasiones puedes ver figuras en las ventanas de los edificios, miradas preocupadas, de inquietud. Un periódico olvidado en el banco de un parque. No entiendes las palabras pero reconoces cuál es el cabezal. Lees *El Heraldo*. Lees *Tegucigalpa*.

Tegucigalpa, pronuncias. No suena nada mal. No sabes en qué país te encuentras, pero al menos sabes el nombre de la ciudad. Tegucigalpa, repites, como el nombre de un antiguo guerrero apache, como el nombre de uno de esos planetas inexistentes que aparecen en *Star Wars*.

En tu mente ya está organizada la presentación. La canción que vas a interpretar, los pasos introductorios de la coreografía.

Gritas:

Good night, Tegucigalpa.

Tarareas los acordes introductorios, empiezas a cantar.

Billie Jean was my lover
She is just a girl who claim that I am the one
But the kid it is not my son

Cantas sobre los gritos y los tiroteos, te deslizas por una calzada esperando que los adoquines empiecen a brillar. Cierras los ojos y bailas.

Haces tu *moonwalking* en Tegucigalpa.

SOMEWHERE

1.

Seis años *afuera*.

Una casa de madera. Efectivo guardado bajo una tabla en la sala de estar. Ocasionales viajes al pueblo a comprar lo mínimo indispensable.

No es que fuera Robinson Crusoe. Tenía un Wall 2050. Un iPad Alexandría. Cantaba todas las canciones de la opera *Tommy*. Podía recitarte los parlamentos completos de *Espartaco*.

Feel me, touch me, contra las olas a los tres de la mañana.

Do you prefer oyster or snails?, colándose entre las palmeras.

El único cable que llegaba a la casa era el de la electricidad. Un celular era un insecto imposible. No tenía servicio de *air*. Las noticias del exterior llegaban a través de otros.

Mi *dealer*, por ejemplo.

Se murió Britney Spears, varón, me contó entregándome un «ladrillo» de la mejor *cannabis* que podía conseguirse.

Mi padre se masturbaba con Britney Spears.

En mi recuerdo ella era una escultura de silicón, sentada detrás de mí en los Latin MTV Awards del 45. Yo era una celebridad de segunda. Ella una de cuarta.

Tienes que conseguirme su autógrafo, me pidió papá.

Lo intenté. BS ya estaba medio sorda. A mí las drogas me impedían organizar una conversación coherente. Ella me sonrió. Yo tuve un mal *trip*.

A los setenta y pico de años los tratamientos estéticos le habían dado un aspecto liso y acrílico a su epidermis. Imaginé un rostro putrefacto tras una impecable máscara confeccionada con su propia piel.

Las cuatro malditas horas que duró el evento con *aquello* sentado a mis espaldas.

Mi psiquiatra estipuló que ese fue el comienzo de mi crisis nerviosa.

¿En serio? ¡No me digas, *guey*!

Di pitadas al monte acostado en la arena. El sol descendía, un cielo azul y durazno. No recordé ni una sola canción de Britney, me prometí buscar algo de ella en el iPad.

Aquella noche encendí un tabaco y bailé «Toxic» como un derviche alucinado, dando vueltas en medio de la sala. Caí mareado al piso y me puse a llorar. Mi papá me había dado un abrazo cuando le llevé la foto autografiada.

Yo mismo había falsificado la firma. Mi viejo, Dios lo tenga en su gloria, se fue a la tumba sin saberlo.

2.

Iba al pueblo por lo menos una vez a la semana. Otras veces pescaba con el viejo Ramos.

Partíamos a la madrugada. Ramos usaba una de esas viejas redes inteligentes chinas de primera generación. A veces había que bajar a buscarla con los *snorkels*. Otras el sistema pifiaba y se olvidaba de los peces, trayendo de vuelta los objetos más variados: el *ring* de un Mazda, casquillos enormes de proyectiles de la guerra contra Santo Domingo, zapatos de tacón.

Latas y latas de Pepsi Green.

A mí me gustaba bajar a buscarla. Ramos había estado en la marina y hecho el curso de buceo que dan a los comandos. Me enseñó a aguantar la respiración durante varios minutos, a aliviar la presión en los tímpanos cuando pasaba de los cinco metros de profundidad.

Yo a veces cerraba los ojos y flotaba durante un par de minutos y el mundo desaparecía a mi alrededor. Imaginaba que era un planeta en medio del espacio. Un cuerpo celeste orbitando en el infinito.

De vuelta siempre fumábamos de una yerba majestuosa que el viejo Ramos conseguía en Trinidad. El mar parecía de seda y los ojos de los pescados eran piedras preciosas.

Ramos me contó que el secreto de aquel *monte* residía en que se cultivaba hidropónicamente en un barco mítico que jamás atracaba. En el mar se vendía, en el mar se compraba y en el mar se consumía. Nunca tocaba tierra.

La tecnología tras la operación era, claro está, china. Ramos miraba hacia el cielo con ojos enrojecidos.

Los chinos, Rodney, decía. Los putos chinos se las saben todas.

Yo era uno de sus pocos amigos. Me dejaba ir con él porque me había reconocido.

Yo llevaba poco tiempo en el pueblo. Bebía cerveza en el bar. El viejo Ramos se sentó a mi lado. Su piel era negra y brillante, sus ojos negros y enrojecidos y sus dientes amarillos. Llevaba una camiseta con el rostro del hijo de Messi. Me sonrió y luego contempló las botellas tras la barra. La pantalla mural. Pasaban *Sábado Fantástico*, según recuerdo.

Yo sé quién eres, dijo como si hablase con las botellas.

Me hice el desentendido. Yo no llevaba ni un año «afuera». Lo único que deseaba era la invisibilidad.

Orion invasion, dijo. Tuve que admitir que su pronunciación era bastante buena. Mi sobrino jugó esa mierda un año, continuó, tenía afiches tuyos por todas partes.

Me limité a beber mi cerveza.

Yo lo jugué media hora y no pude, explicó. No había visto tanta sangre desde los dominicanos.

Asentí. El comienzo con el desembarco en la playa era dantesco. Se estimó que nadie había logrado llegar a las primeras trincheras en los cinco primeros días de juego.

Yo lo hice en tres horas y doce minutos.

No quiero joder, dijo el viejo Ramos. Solo quería que supieras que te conozco, eso es todo.

Hubo algo cálido en la forma que lo dijo. Era un tipo grande, musculoso, pero parecía moverse con delicadeza, cuidándose del contacto de las cosas en un mundo donde las cosas eran extremadamente frágiles.

Recuerdo que tardé un rato en dar con el adjetivo que buscaba para describirlo.

Humano.

3.

Una madrugada en el filo del horizonte. Éramos siluetas perfectas contra el borde anaranjado del cielo. El barco se mecía con suavidad.

Te andan buscando, me dijo Ramos. Programaba la red y el módulo de control era una bola de metal con manchas de óxido y mechones de alga, que susurraba como un gato consentido.

¿Quiénes?

No lo sé, pero son anglos.

¿Anglos?

Uno es tan rubio que se puede ver a través de él…

El mundo del virtual juego no perdía su fe en mí. De vez en cuando aparecía un ejecutivo con una propuesta o un periodista armando «el gran reportaje». Incluso *fans*. Yo me cuidaba de que ninguno lograse contactarme.

Me había retirado como número uno en el *ranking*. Hasta donde sabía, en ciertos juegos, mis puntuaciones se mantenían aún invictas.

¿Y a quién coño le importaba? Eran juegos. *Jueeeegos.*

4.

Es una industria y necesita una narrativa con épica, héroes, deidades, me dijo un ejecutivo una vez.

Después me ofreció un contrato astronómico. La paga, aseguró, va a hacer que tu cabeza estalle.

Fue poco antes de desaparecer. Yo tenía dinero suficiente para cien vidas. Ya había pensado en mudarme al pueblo, a un lugar perdido con un interminable suministro de marihuana y cerveza.

Y, técnicamente, mi cabeza *ya* había estallado.

Tres psiquiatras habían decretado mi depresión *slash* colapso nervioso *slash* brote esquizoide.

Era el mejor jugador del mundo y aquello, precisamente, me había desbaratado la ensaladera. Y el sistema no podía permitirse esa clase de publicidad.

Habíamos pasado por varias plataformas antes del «cintillo». El *Helmet Nintendo*: el casco pesaba una tonelada y te hacía nosequé - nosequé - nosequé en el córtex, produciendo migrañas terribles.

También estuvo aquella mierda gringa con conector en físico. *Inside* algo. Los creadores decían que era como hacerse un *piercing*. No hubo manera de mercadearlo. ¿Quién iba a dejar que una compañía de juegos implantase un conector USB en el lóbulo frontal de su hijo de nueve años?

Entonces la *Nimatsu* sacó la primera versión del «cintillo».

Mi viejo me la compró a regañadientes. Todos estaban mosqueados, pero aquello era lo máximo. Te colocabas el «cintillo» en la cabeza y todo un puto cosmos simplemente *aparecía* frente a ti.

Aquella mierda era mágica.

La gráfica al principio era defectuosa y la cantidad de memoria necesaria era de teragigas y teragigas, pero aquella mierda era má-gi-ca.

Las quejas fueron las mismas al principio. Los niños se alienaban, perdían el contacto con la realidad. Pero los niños se habían alienado y habían perdido contacto con la realidad, con la radio, con la televisión, con el cine, con el internet. Mierda, inclusive con los putos *libros de papel*.

¿Recuerdas al Quijote? Ese pavo no se había enloquecido jugando a las maquinitas, ¿no?

Cuando me volví profesional la tecnología había alcanzado alturas nirvánicas: entorno total, sensaciones de olfato, gusto y tacto. Como decía Jobs III: «Ya no es realidad virtual, es virtualmente real». Y es verdad que era un exagerado como su puto abuelo y tenía que vender todas aquellas consolas pero no dejaba de estar en lo cierto.

Era tan *real*.

Tan real que me fundió los plomos.

5.

Llévame a Trinidad, le dije al viejo Ramos.

¿Ahora? ¿No has oído lo de la cápsula?

Una sonda había vuelto de un viaje de exploración a una luna de Júpiter. Había sufrido un desperfecto reingresando a la atmosfera terrestre y los restos habían caído cerca de Trinidad. Se hablaba de posibles organismos exógenos, radiaciones misteriosas. En Naciones Unidas se estaba armando un alboroto. Querían poner en cuarentana al país entero.

No me importaba. No quería encontrarme con nadie.

Yo estaba *afuera*.

6.

Lo siguiente que supe era que la barca atracaba en un muelle de tablones de madera, que mis pies chapoteaban en un agua tibia y transparente.

Me alojé en un motel cerca de la playa, el dueño era un conocido de Ramos. Las paredes eran de bloque sin frisar. En la recepción había antiguas revistas de papel de los tiempos de mis abuelos. Algunas con muestras de perfumes que olían a hace 30 años. Hojas como del color de mi piel cuando se secaba y se desconchaba.

Yo tenía hambre y estaba nervioso. Llevaba seis años afuera y el cuarto individual no era precisamente adentro, pero estaba en el *borderline*.

La *Wall* tenía conexión *air*. Una ventana al mundo del que me había evadido. La pared era un ojo cuyo párpado podía levantarse de repente y su iris enorme me hipnotizaría por completo.

Paseé por el pueblo comiendo *roti* de pescado, bebiendo cervezas. Lentes oscuros en la noche tropical, ocultando mis ojos enrojecidos. Todo el mundo nervioso esperando a los cascos azules o ciclópeos monstruos espaciales surgiendo del mar, la versión calipso de Godzilla.

¡Ganja buena, chicas lindas!, me susurraron voces sin rostro desde las puertas y los callejones. ¡Rápido, rápido antes de acabar mundo!

Yo estaba *afuera*.

Compré licor de canela y me bebí la botella antes de volver al cuarto. Los vómitos me ayudaron a enfrentar el impulso de encender el noticiero aquella primera noche. Observé la pared paladeando la bilis, como un boxeador que contempla a su contrincante desde su esquina del *ring*.

Ramos llamó a la puerta al mediodía. Yo estaba tenso. Temía a los albinos en el exterior que me asediaban con sus ofertas, a la pared a mis espaldas con sus 1834 canales, al pulpo azul de miles de toneladas que cantaría «All day today, all night tonight» mientras desintegraba Georgetown.

No te ves bien, me dijo el pescador a través de la puerta entreabierta. Y hueles…

No quiero que me encuentren.

Nadie va a venir hasta acá porque todos quieren salir. Yo he venido a sacarte, papá. Lo de la nave va en serio… En la pantalla mostraron cosas agitándose en el fondo del mar…

Exageraciones, desestimé con una estudiada y falsa calma.

Fui a darme un baño en la playa y luego me senté en la barra chorreando tibia agua de mar sobre el taburete de plástico y la caoba desgastada.

Uno de los tipos me contactó, me dijo Ramos. Alguien en el pueblo les dijo que tú y yo éramos amigos.

¿Y?

Tiene un acento extraño. Me ofreció una cantidad asquerosa de dinero por una cita contigo.

¿Y?

Le dije que no querías hablar con nadie. Entonces me dio un fajo enorme de billetes y un móvil para entregártelo y decirte que le concedieras el contestarle una llamada.

¡No me digas que trajiste el celu, Ramos!

Sonrío como protagonizando un pequeño comercial de malicia.

¡Claro que no!, dijo. Seguro que estaba pinchado. Pero le debes aprecio por invitarnos estas rondas, ¿ok?

Las botellas se apilaron frente a nosotros, sus contenidos fueron variando y desapareciendo a medida que caía la noche.

Recuerdo una música de calipso y salpicaduras de luces coloridas sobre una pared donde se recostaban muchachas en ropa interior. Recuerdo unos pezones negros sobre unos senos negros y una mujer que me preguntaba qué me apetecía.

Está todo pago, *baby*.

Todas las cosas tenían bordes multicolores. Cuando agarrabas algo, vibraba entre tus dedos.

Volví al cuarto a través de un mundo compuesto de vapor y auras de luces cambiantes. La pantalla del *Wall* emitía un ligero zumbido, el *no signal*.

Una provocación. Un reto.

No voy a volver a entrar, farfullé.

Vomité en el baño. Cuando me vi en el espejo noté mis profundas ojeras. Escuche lejanas explosiones y tardé un momento en reconocer que no se trataba de otra alucinación.

Afuera, el dueño del motel contemplaba el cielo. Enormes y rápidos resplandores como relámpagos lo encendían espasmódicamente, iluminaban durante fracciones de segundo el perfil irregular de montes y cabañas.

No podíamos verlos pero escuchamos a los cazas sobrevolándonos a velocidades supersónicas.

Recordé Belgrado.

7.

Fui a probar *Operation BioGenocide III* de Studio Shockmaker. ¿Los recuerdas? Eran los cabrones que habían hecho *Gangsta Empire, Guantanamo Rising, Zombiestroika* y mil mierdas más que preparaban a todos los adolescentes del mundo para una vida adulta coloreada de caqui, con un trabajo de mierda y un matrimonio anodino pero la psiquis amueblada con los recuerdos falsos de un barón de la droga, un soldado mercenario o el último de los sobrevivientes de un apocalipsis zombi en la Tierra.

Se habían gastado billones desarrollando aquel juego pero querían estrenarlo antes de la feria de Berlín. Hubo cierto apresuramiento en las pruebas. Cuando me llamaron, algunas subrutinas no habían sido testeadas. Es cierto que todo eso se dijo antes de que extendieran el cheque, pero ese siempre fue mi problema con las grandes cifras: me hacían olvidar todo lo que las antecedía.

La programación se fue a la mierda justo cuando pisé una mina terrestre en la playa de un planetoide en la Puerta de Tannhauser.

Pasé dieciocho minutos en aquella playa inexistente con las piernas arrancadas de mi cuerpo, mi mano abriéndose y cerrándose como un cangrejo boca arriba a unos metros de mí.

Y es verdad que no dolía y que sabía que estaba sentado en aquel sofá ergonómico de la sala de pruebas de Belgrado, pero todo era tan real.

Tan *real…*

Podía sentir la brisa acariciando las expuestas terminaciones nerviosas de mi piel desgarrada, el sabor, entre lavaplatos y caviar, de aquellos granos de arena malva entre mis labios.

Dieciocho minutos de esa mierda.

Mi abogado logró que nos pagaran millones amenazándolos con la madre de todas las demandas. Yo tragaba pastillas que venían en envases sin etiqueta.

Unas semanas después estaba en Houston, dispuesto a «respaldar con mi nombre» una saga de espionaje de la guerra fría del siglo pasado. El poder de las grandes cifras aún haciendo de las suyas conmigo.

Cuando me puse el «cintillo» y le dije al tipo que ok, aparecí en un cuarto de una pensión barata, en algún sitio al otro lado del Telón de Acero, ochenta, noventa años en el pasado. Fue como si me hubiese teletransportado.

¿Sabes que la teletransportación es técnicamente imposible? ¿Que la maquina no transporta sino que desintegra aquello que quiere enviar y elabora una copia exacta en el lugar de destino? ¿Sabes que esa copia ignora que no es el original?

Yo sí lo sé.

Cuando me vi parado en medio de aquella habitación, el olor programado a chucrut, el ronroneo programado del agua a través de los tubos programados del calentador programado, el desgaste programado de la alfombra programada bajo mis pies programados...

43

Me puse a gritar.

Y seguí gritando después de que me desconectaron y volví de nuevo a Houston y todos me aseguraron que estaba bien. Pero, ¿cómo creerles? Eran iguales a la ilusión que habían construido. ¿Cómo saber que ellos no eran también una copia?

Tuve semanas de esas conversaciones con varios psiquiatras. Algunas veces me convencían los planteamientos de sus respuestas y otras veces solo claudicaba ante la efectividad de las drogas que me recetaban.

A partir de entonces me mantuve afuera.

A-FUE-RA.

8.

¡Afuera, hijos de puta!, maldije a la noche, pero mi voz se perdió entre el ruido de las explosiones. Ramos surgió de la oscuridad y me tomó del brazo.

He visto a los *joe*, me dijo, su aliento una mezcla de sin semilla y licores baratos.

¿Quién?

Los tipos de los juegos, coño…

Me contó que los había atisbado entre la multitud de un cercano bar. Brillaban como neones en medio de los lugareños.

Tenemos que irnos, dije.

Acaban de cerrar el país, Rodney, ¿no ves que lo de los marcianos es en serio?

Yo seguía borracho, tal vez sonreí enfebrecido.

¿Todavía tienes el dinero?, dije.

¿Qué quieres hacer?
Ver marcianos.

9.

Hablamos con el dueño del motel y logramos alquilar un par de motonetas serbias que habían sido el «no va más» de la locomoción por hidrógeno hacía diez años. La mía tenía el color y la textura de los chicharrones de cerdo. La de Ramos parecía cubierta de una piel pecosa y desgastada.

Partimos rumbo al lugar donde habían surgido los monstruos intergalácticos.

¡Vamos a ver que tanto quieren reunirse conmigo!, grité a las calles del pueblo.

La gente escuchaba música y ambiguos comunicados gubernamentales y bebía desafiando el supuesto toque de queda y la amenaza de una especie exógena. Yo esperaba ver la expresión contrariada de un rostro albino pero lo cierto es que no percibí el menor atisbo de mis perseguidores.

En la carretera bebí de la botella ejecutando eses lentas sobre el asfalto agrietado. Nos cruzamos a momentos con refugiados que escapaban del sitio al que nos dirigíamos. Al final terminamos encontrándonos con un puesto del ejército que bloqueaba la vía.

Los soldados ni siquiera levantaron las armas al ver a un viejo pescador en pantalones cortos y un blanco borracho y sucio que no paraba de sonreír. Ramos habló con ellos en un lenguaje que no pude entender.

No pueden dejarnos pasar, Rodney, me dijo, la zona está en cuarentena. Hay peligro de contaminación y sabe Dios con qué mierda estarán regando a esos extraterrestres.

Yo no dejaba de ver sobre mi hombro, preocupado por los tipos de los juegos.

¡Págales lo que sea!, apremié.

Ramos entabló, a regañadientes, una negociación con los efectivos. Los soldados me veían por momentos, calándome. Reconocieron la oportunidad de exprimirle algún dinero a un hombre desesperado. Ramos les entregó primero tres billetes, luego seis. El soldado con quien hablaba señaló un camino secundario, que era un parche oscuro en medio del follaje.

Si vas por allí, dijo Ramos, llegas al pueblo donde está pasando todo.

¿No vienes conmigo?

Estoy muy viejo para esta mierda, Rodney. Te puedo esperar en el pueblo, pero no me pidas que te siga a ese lugar, no quiero jugarme el pellejo viendo a unos… unos marcianos…

Técnicamente eran de Júpiter, pero no dije nada para no arruinar el momento.

Yo veía más allá de su rostro suplicante, hacia la carretera. El cuarto abandonado con el ojo que todo lo veía de la *Wall*, ejecutivos insistentes siguiendo mi rastro en medio de una multitud aterrada.

Abracé a Ramos sin pronunciar palabra, bebí un trago que me supo a gasolina y chicle *peppermint* y monté en la motoneta.

No sé cuánto tiempo conduje. La vía eran polaroids iluminadas por el faro de la moto, tal vez alguna antigua señal anunciando la cercanía de una playa, los pictogramas de un tenedor y un cuchillo mordidos por el óxido. Escuché el vuelo de unos cazas.

Era madrugada cuando alcancé las afueras de la ciudad desierta. Calles vacías, negocios cerrados. Las vías estaban cubiertas de botellas de cerveza. Unos perros rebuscaban algo que comer en la basura.

Tal vez todavía quedaban habitantes asomándose por las ventanas, pero a esas alturas todo lo que vi me pareció soñado o sacado de algún vago recuerdo.

Un helicóptero sobrevoló los edificios. Un mensaje grabado en inglés y sea lo que fuese que hablarán en Trinidad llamaba a abandonar de inmediato la zona. Aparqué la moto, continué a pie. Esperaba encontrarme con algunos militares, tal vez esos tanques de guerra de última generación que podían disparar cañones de láser y convertir en cenizas a sus enemigos.

La tierra empezó a temblar. Pateé una puerta de madera y entré en el zaguán de una casa, atravesando una sala de estar vacía. Fotos de distintos miembros de una familia cayeron de la pared donde estaban colgadas, una lámpara barata se vino al piso.

Corrí por un pasillo a oscuras mientras escuchaba el lamento de algo que de seguro no se había originado en este planeta.

Accedí a un patio trasero y vi a lo lejos, en la oscuridad del pueblo, una silueta alta como un edificio de veinte pisos. Los puntos brillantes podían haber sido ojos pero se encontraba en lugares anatómicamente incorrectos. También vi patas, cientos de ellas, como un sinfín de bocetos descartados de un dibujo que no acababa de quedar bien.

Oh, papá, balbuceé y me puse a vomitar.

Del cielo cayeron varios misiles. La onda expansiva me devolvió al interior de la casa antes que pudiese escuchar el estruendo de las explosiones y las llamas empezaran a incinerarlo todo. El techo se vino abajo.

10.

Soñé con la última vez que me habían abordado.

La última ciudad antes de entrar al nudo de carreteras y caminos secundarios que conducían al pueblo sin una maldita señal de latón con su nombre que yo había escogido como mi isla de Elba.

Yo estaba en una suite, comenzando mi entrenamiento para una vida en ropa interior y desayunos con cerveza. Tardé un par de minutos en aceptar que el rugido del *hovercraft* que arribaba a la playa no era otro producto de los hongos.

Un grupo variopinto de inversionistas, ejecutivos, ingenieros informáticos, comandados por el presidente de una importante firma de juegos, cada uno vestido de acuerdo al personaje que representaban, bajaron de la nave. Figuras de acción a las que un dios tan drogado como yo había insuflado de vida.

Tocaron a la puerta y los dejé entrar. Hubo saludos que no entendí, mi cerebro captando solo estática y chisporroteos. Al cabo de un rato me encontré sentado al borde de una *kingsize* desecha, frente a cabezas parlantes que me hacían la última oferta de mi agonizante carrera.

La batuta del *speech* la llevó el presidente de la firma de juegos. No debía tener más de 25 años y vestía sandalias falsamente baratas y camisetas desteñidas de diseñador. Yo había visto adictos al *crack* menos espásticos que aquel tipo sin músculos en los brazos.

Me mostró hologramas con los planos de una ciudad recién comprada en Chechenia que albergaría servidores y bancos de memoria. Vistas de medio millón de paisajes inexistentes, miles de personajes y criaturas y muebles y armamentos en los que se había cuidado hasta el último átomo de sus detalles.

Un proyecto de juego asistido por inteligencia artificial al que se accedería por la red, y cuya trama se desarrollaría a partir de cada jugador, tan compleja y absorbente que habría que jugar durante años para poder llegar al último nivel.

Por supuesto, dijo sonriendo, pagando cuotas mensuales por un más que razonable precio.

La comitiva rio mientras yo empezaba a sentir el vértigo. El genio de los juegos retomó el hilo épico. Aquello no sería un juego. Su impacto sería similar al de una religión. El alfa y el omega de una nueva era lúdica-digital.

Puso su mano en mi hombro. ¿Cómo podía rehusarme a ser partícipe de semejante evento? ¿Cuántas veces en la historia se le ofrecía a alguien la posibilidad convertirse en un *demigod*?

Algunos socios capitalistas habían previsto esa última eventualidad y el gesto fue acompañado de una propuesta económica que un sujeto con una traje de piel de tiburón dejó caer en mis piernas.

Leí números como atacados por enjambres de ceros a la derecha, cláusulas vitalicias, *royalties*. Un planeta de dinero que podría ser mío para habitarlo y recorrerlo por el resto de mis días.

Recuerdo que yo vestía el batín del hotel. Vi la tela de paño rosa fósforo que me cubría y recordé cómo se veían mis vísceras (mis falsas vísceras pixeladas) en aquella playa en un planetoide de la Puerta de Tannhauser tan inexistente como la brisa que las acariciaba.

Entonces me levanté tambaleante. Abrí los faldones de paño, saqué mi miembro de unos CK no muy limpios y comencé a mearme en los pies de aquellas personas que, atónitas, aguantaron ese mísero chorro varios segundos de más, incapaces de creerse que no firmaría el contrato.

Te dije que estoy afuera, perra, susurré.

11.

Está allá adentro, dijo alguien.

Parpadeé. El sol aparecía y desaparecía detrás de columnas de un humo gris.

¿Está muerto?

Oh, mierda…

¿Está muerto?

Vi las siluetas de los tipos. A mí alrededor todo era cascotes y los perfiles irregulares de paredes derruidas e incineradas. No sentía las piernas. Tardé otra fracción de segundo en darme cuenta de que en realidad no sentía nada.

¡Estuvimos tan cerca, coño!

No hay manera. No hay manera de hacerlo antes de que lancen el bombardeo.

Many lo logró.

Él lo jugó en principiante. Ahí el satélite cae en Venezuela y los monstruos tardan más en llegar.

¡Estuvimos a punto, coño!

Yo no podía hablar. Entonces desaparecieron los cascotes. El cielo. Las siluetas se definieron. El más alto no debía tener más de quince años. Llevaba una camiseta del hijo de Messi. Sonreía.

Vamos a darle otra vez desde donde lo salvamos.

Coño, no sé, *man*. Ya deben ser como las diez.

¿Y?

Quedé en acompañar mañana a mi viejo al taller. No me quiero trasnochar.

Aparecieron unos números. Una pantalla con mi rostro.

Rodney Peralta / Videogame Star / Famous Secluder.

El otro tenía el pelo rapado, los dientes salidos con aparatos. Miró los números mordiéndose el labio inferior. Mire mi rostro en la pantalla.

La teletransportación no existe. Es solo una copia que no sabe que no es el original.

Ahora yo lo sabía.

¿Y el otro personaje?

¿El soviético?

Sí, sí, el camarada Nintendo. ¿Ese no es más fácil?

Ese nunca se reunió con los tipos, no sabe dónde está Ciudad CH. Da más puntos y tal pero hay que irse a la frontera china con Mongolia, en medio de una pandemia zombi. Luis Alfredo tiene una semana ahí varado. Dice que esa vaina es interminable. Se ha pegado a media China y nada.

Ah…

¡Y a mí los zombis me tienen los güevos rotos! ¡Se me fue medio año terminando la puta *Zombietroika*!

Okey, okey… Seguimos con Peralta. Mira, yo creo que en vez de quebrarnos a los soldados deberíamos darles plata a ver si los podemos pasar más rápido. Entonces llegamos antes de que empiecen a tirar las bombas y agarramos al míster aquí antes de que se le venga encima la empalizada.

Es lo que te iba a decir.

Pero lo hacemos mañana, *bro*. Yo estoy reventado y ya quedé con mi viejo.

Coño, prueba una vez más. ¡Esta vez seguro que le llegamos…!

¿Después me llevas para la casa?

¡Sí, *man*, claro!

¡Está bien, coño, dale!

En lo más alto, brillando con la intensidad de mil soles, refulgieron unas últimas palabras: «¿Desea reiniciar el juego desde el último punto salvado?».

La luz me cegó y lo último que pensé es que en realidad no había luz y que tampoco tenía ojos que pudieran ser cegados.

12.

Seis años *afuera*.

El único cable que llegaba a la casa era el de la electricidad. Un celular era un insecto imposible. No tenía servicio de *air*. Las noticias del exterior llegaban a través de otros.

My dealer, por ejemplo.

Se murió Britney Spears, varón, me contó entregándome un «ladrillo» de la mejor *cannabis* que podía conseguirse.

Mi padre se masturbaba con Britney Spears.

ANNE SEXTON Y SYLVIA PLATH

NO PARECE UN BUEN SITIO. ¿Lo conoces?

No, para nada. Jamás he estado aquí.

Yo tampoco.

Me molesta, ¿sabes? Aparecer en los lugares y no tener idea de dónde estás.

Si te soy sincera me resulta un alivio.

¿Un alivio?

Bueno, una cosa que me frenaba siempre antes de dar el gran salto era aquello de condenarme para toda la eternidad. Ya sé que suena estúpido pero…

No, no, te entiendo. El infierno.

Sí, el maldito infierno. Me imaginaba (bueno, no era todo lo que imaginaba pero el temor estaba allí, arrodillado, en alguna esquina) que iba a despertar en el infierno.

Sí.

Por eso me resulta un alivio. No estoy en una puta paila, o ¡qué sé yo! en Auswitz. Estoy en un bar. Un bar de cuarta, pero un bar.

Es verdad, pero no deja de descolocarme.

¿Tú cómo te lo imaginabas?

En realidad no visualizaba un espacio definido. Solo quería dejar de sentir dolor.

Claro.

Pensé en mis hijos y en Ted y en toda la mierda pero el maldito dolor, ¿sabes? Como en el fondo del océano, como un agua fría a mí alrededor. Todo el tiempo, *todo el maldito tiempo*. Solo quería ir a un lugar donde no existiera ese dolor.

Sí, sí, despertar en otro lado.

Ajá.

¿Y te pasa?

¿No sentir el dolor?

Sí.

A veces. En todo caso ya no es igual, ya no tiene esa intensidad.

Lo sé, pero nunca desaparece por completo.

Así es. Eso es lo que aprendes, ¿no?

La letra pequeña al final del contrato.

La letra pequeña.

…

Pero no hablemos de eso ahora. Quiero aprovechar este momento, aquí, contigo. Quiero fumar un cigarrillo, beber algo.

Llamaré a un camarero.

Sí, hazlo tú. La última vez no me vieron.

Suele pasar.

A veces te ven y otras no.

Sí, aunque no me molesta cuando no me ven.

A mí tampoco.

Debe funcionar así.

Anda, llama al camarero.

¡Camarero! ¡Camarero! Maravilloso, me ha mirado. Aquí se acerca.

Pídeme un whisky.

Buenos noches, señor. Quisiéramos ordenar. La señorita quiere un whisky. ¿Cómo lo quieres, Sylvia?

En las rocas, con un chorrito de soda.

Ya la oyó. Yo quiero un Martini, seco. Dos aceitunas.

Y una caja de Chesterfields.

¿Tiene Chesterfields?

Y fósforos.

Eso. ¿Lo tiene? Perfecto.

...

...

No sé ve muy alegre.

La atención no parece ser el punto fuerte del establecimiento.

Me llamaste señorita. ¿Parezco una señorita?

Oh, sí.

Nunca hay espejos, nunca sé cómo luzco. Aunque veo mis manos y se ven tersas, lisas. ¿Dices entonces que parezco una señorita?

No más de treinta años.

Tú también.

¿Sí?

Bueno, tu siempre fuiste hermosa, Anne.

(Risas).

Recuerdo cómo te miraba (…) en el curso.

Nos miraba a *todas* así.

Bueno, no *todas* habíamos sido modelos, Anne.

Lo hice por el dinero. ¡Ay, Dios, suena tan estúpido!: «Lo hice por el dinero» (risas).

Bueno, el caso es que te miraba.

Yo *también* lo miraba.

(Risas).

(Risas).

Ya traen las bebidas.

Okey, okey, okey. Yo le diré cuándo, camarero. Así… Así… ¡Cuándo! Muy bien, muchas gracias.

Maravilloso. ¿Te parecería fuera de lugar si brindásemos?

Para nada, me encantaría brindar.

Pero no se me ocurre sobre qué hacerlo.

¿Qué te parece por este encuentro?

Es verdad, por este encuentro.

Brindemos…

Salud. Por ti, Sylvia.

Por ti, Anne.

¿Está bueno?

Tal vez se pasó un poco con la soda pero me gusta, está muy bien.

Lo que no me gusta es la mesa.

Estamos arrinconadas.

Así es y me gustaría estar cerca de la ventana. Poder ver hacia afuera.

A mí también.

Casi nunca puedo ver hacia afuera. Siempre son espacios cerrados…

Así es.

Pero no me encuentro mal en ellos. ¿Tú te sientes mal en los sitios en los que apareces?

Al principio la extrañeza me resultaba incómoda pero después no me molestó...

Sí.

Mira, hacia allá hay una mesa vacía, da a la vidriera.

Vamos.

¿Llevamos los tragos? ¿O dejamos que lo haga el mesonero?

No quiero tentar nuestra suerte, querida.

Es verdad.

Vamos.

...

...

Ahora sí, mira la calle... Nieva...

¡Todo está blanco!

Que densa, ¿verdad? Copos como puños...

Enormes.

Sigo sin saber dónde estamos.

No lo sé. No me suena de nada. Pero debe ser Navidad, hay un aire como de Navidad.

Si tú lo dices...

¿No te parece Navidad?

No veo una decoración navideña pero tampoco es que se vea mucho. La nevada impide ver más allá de unos metros...

Me encanta la nieve.

A mí no tanto, pero me gusta esta sensación. Estar resguardada en este lugar, mi cuerpo entibiado por este licor, el olor de los cigarrillos.

Oh, sí.

Mira, el camarero está en nuestra antigua mesa.

No nos ha visto. No sabe que nos hemos cambiado.

Así es...

Ahí viene su jefe. Le está diciendo algo, ¿lo puedes oír?

No tiene buena pinta.

El jefe está furioso. Qué sujeto tan desagradable.

Lo regaña porque cree que nos hemos ido.

Nos hemos sido sin pagar.

Pobre hombre, no nos ve.

Sí, el jefe le está dando una buena reprimenda.

¡Cómo le grita!

No se ha dado cuenta de que estamos sentadas aquí.

¡Qué horror! No nos ve. Estamos a dos mesas y no nos ve.

Somos las poetisas más importantes de nuestra generación y no nos ve (risas).

(Risas).

No le deber gustar la maldita poesía (risas).

¡Oh, Silvia! (risas).

Es cruel, ¿verdad? ¡Es cruel de mi parte!

(Risas) ¡Sí, pero no puedo parar de reír!

(Risas) ¡Me siento tan mal! (Risas). ¡Qué cruel puedo llegar a ser!

(Risas). ¡Oh sí! Llamemos al jefe, no puedo seguir permitiendo el incordio con ese pobre camarero.

Lo llamaré ¡Señor! ¡Señor!

Mira esa cara.

Buenas tardes, señor, veo que creyó que nos habíamos ido. Pero solo hemos cambiado de mesa.

Queríamos una vista a la calle.

Su camarero no lo sabía, ha sido nuestra culpa.

Así es.

¿Ve?, todo ha sido un malentendido.

Seríamos incapaces de irnos sin pagar.

Incapaces.

Muy bien, no se preocupe. Hasta luego.

Hasta luego.

Se va con el rabo entre las piernas.

Y no se va a disculpar con el camarero.

Qué hombrecito tan desagradable.

El camarero te está saludando, Anne.

Sí.

Al menos le queda eso.

Es verdad.

Deja ya el dinero en la mesa, por favor.

¿Nos vamos?

Oh no, no, es solo por si las dudas.

Claro, se me olvida. La he estado pasando tan bien contigo que se me olvida.

Sí, pero ya sabes…

Sí, en cualquier momento podríamos desaparecer…

Esfumarnos, amiga mía.

Pero no me asusta, ¿sabes?

A mí tampoco.

Me hace muy feliz oírtelo decir, Silvia.

A mí también, Anne.

Creo que eso amerita un brindis.

Así es.

Por nuestra desaparición, Silvia.

Por esfumarnos, Anne.
Por no tener miedo.
Por no sufrir tanto dolor.
Salud.
Salud.

5 999 999 VECES MÁS

1.

En realidad Hitler no muere en su bunker de Berlín en abril de 1945. Todo es un elaborado montaje para escapar de las fuerzas aliadas que le rodean. El engaño lo organiza un selecto grupo de colaboradores que buscan extender el sueño nazi más allá de la inminente derrota del Tercer Reich. Convencen a Hitler de que Eva Braun debe morir: la presencia de su cadáver aportará credibilidad a la historia del pacto suicida entre los amantes. Hitler duda, pero finalmente su instinto de conservación y la continuidad del ideal ario acaban por convencerlo. Engaña a Eva. Le hace creer que se inmolarán juntos, su amor inmortal celebrado en los interminables salones del Valhala, o alguna otra desbordada fantasía teutónica por el estilo.

2.

Eva se lleva la pistola a la sien. Hitler le acaricia el cuello, sus ojos rebosantes de lágrimas. «Nos veremos en un instante», le susurra. Da luego un par de pasos hacia atrás. Observa cómo los sesos de Eva Braun vuelan por los aires y se distribuyen, con arbitrariedad, a lo largo de una rugosa pared de cemento gris.

3.

Haciéndose pasar por un civil brutalmente quemado, su cuerpo cubierto de vendas sucias y fluidos ajenos, Hitler abandona Berlín en un convoy de la Cruz Roja. En una camilla, a su lado, una mujer con el rostro lleno de metralla gime llamando a su hijo. Nadie en el camión parece escucharla. Su cara está cubierta por una tela empapada y sus lamentos parecen venir de muy lejos.

4.

Hitler ya se ha sometido a una a primera cirugía plástica. En una cabaña en medio de las montañas retira las vendas de su rostro. Un cualquiera calvo, de barba canosa mal afeitada, contemplándolo con desprecio y perplejidad desde el espejo resquebrajado.

5.

Hitler cruza la frontera a Italia, rumbo a Nápoles, junto con un oficial de la SS y un financista de Hamburgo. Todos viajan bajo nombre falso. Por motivos de seguridad, ninguno de los viajeros conoce la verdadera identidad de sus acompañantes. Hitler intenta entablar conversación con el chófer del Lancia negro en el que viajan. *Non parlare*, le dice, sin verle, el chófer.

6.

Pasan la noche en una villa abandonada, donde ratas enormes recorren los antiguos frescos en las paredes enmohecidas. Descascaradas escenas de pasados aristocráticos. Hitler cena raciones K del ejército americano, *spam* enlatado en procesadoras cárnicas de Chicago que, pocos años atrás, han sido la referencia de sus subordinados para el diseño de los campos de exterminio. La cena le sienta mal. Sale a vomitar a un jardín cubierto con malezas, vigilado de lejos por el chófer del Lancia. En los grumos de su bilis disolviéndose en la tierra, Hitler cree ver formas cambiantes. A veces grupos de cadáveres apilados, a veces multitudes interminables, similares a las que alguna vez corearon su nombre.

7.

Hitler recorre la cubierta de un carguero. Forma parte de una docena de nazis prófugos —militares, miembros del partido, empresarios afectos al régimen, un par de periodistas, un director de cine— disimulados entre los pasajeros italianos que se van a hacer la América. Hitler camina entre calabreses mal encarados, su nuevo rostro produciendo expresiones de contenido asco y pavor. A veces lo invade una sombría sensación de paz. Un estado interno que puede describirse de absoluta calma y silencio: un silencio como el que debe guardar el mayordomo frente a sus amos, un silencio como el de quien se esconde, un silencio de cosas que ya no tienen utilidad y son olvidadas por sus dueños en los fondos de los cajones.

8.

Duerme mal en las noches. Tiene un sueño recurrente en el que a veces Eva Braun, a veces su madre, a veces una mujer que es la mezcla de las dos, recorre desnuda las ruinas de Berlín. Sus pies descalzos pisan los cascotes y van llenándose de cortes y rasgaduras hasta que solo girones de carne sanguinolenta recubren apenas los huesos. Eva Braun o su madre, o esa mujer que es la mezcla de las dos, no parece sufrir ningún dolor ni reparar en los pies desollados y, en cambio, lo llama en susurros, repite su nombre, lo busca con parsimonia entre los cascotes.

9.

Hitler se establece en un principio en Buenos Aires. Nadie en la comunidad de fugitivos nazis bonaerense conoce su verdadera identidad y le toman por un funcionario prófugo, de mediana jerarquía en el régimen. Intercambia saludos escuetos y comentarios intrascendentes sobre el clima en clubes sociales y estancos. La paranoia le hace desconfiar de todos. Habla un español gangoso con voz atiplada. Si alguien le pregunta quién es o qué hace responde que es un profesor de filosofía y se encuentra escribiendo una tesis cuyo tema cambia con cada encuentro. Se despierta de golpe en las noches esperando su inminente captura por los rusos o los americanos. Toma ansiolíticos que le hacen perder el sentido del tiempo y el espacio, sufre a veces episodios que duran solo unos segundos, unos segundos eternos, donde olvida que se encuentra en Buenos Aires y se cree aún en el búnker, a su alrededor las calles de Berlín en ruinas, sus enemigos acechando entre los cascotes y el humo.

10.

Acude a una fiesta muy bebido, atiborrado de pastillas. Le parece ver agentes judíos encubiertos en todas partes. La fiesta se celebra en una casona a las afueras de Buenos Aires y por un momento cree que los han reunido a todos, en aquel lugar tan apartado, con la intención de tenderles una emboscada y fusilarlos. Mantiene la compostura a duras penas. Conversaciones esporádicas con otros invitados que dicen haber compartido con el Führer momentos íntimos que él no recuerda para nada. Se sorprende hablando de sí mismo, amargamente, con una mujer obesa que lo observa con recelo. No debió haber ordenado la retirada de sus tropas en Rusia; Rommel era en realidad un patriota. A media noche arriba a la casona una limusina escoltada por soldados. El general Perón desciende acompañado de Evita. Otra Eva, piensa deslumbrado Hitler. La mujer parece brillar en la oscuridad, su piel la pantalla de seda de una lámpara finísima y majestuosa. Pero este efecto cesa con la proximidad. A medida que la mujer se acerca, Hitler puede ver la capa de maquillaje, el diagrama de venas violáceas en los brazos, los lunares oscuros.

11.

Los invitados levantan sus copas. *¡Sieg Heil!*, exclama el general Perón. *¡Sieg Heil!*, contestan todos, incluido Hitler.

12.

Hitler se muda a un pueblo cercano a Bariloche, a un chalet en el que vivirá hasta su muerte en 1969. Cría pastores alemanes que vende con mayor o menor fortuna. Desarrolla una moderada adicción a la morfina, que consigue a través de otro refugiado nazi, un ginecólogo destacado en Sobibor que ahora mantiene un discreto consultorio odontológico en el pueblo. Da largos paseos por las montañas, acompañado de sus perros. Se masturba ocasionalmente, viendo revistas pornográficas argentinas y excitado por mujeres de dudosa procedencia racial.

13.

A lo largo de los años, se va enterando de la muerte del puñado de selectos colaboradores que participaron en el montaje de su muerte. Las noticias llegan por diferentes canales: a veces un titular en el periódico (dos son «cazados» por los servicios de inteligencia israelí), a veces por el ginecólogo/odontólogo, otras veces por cartas, escritas en clave y cada vez más espaciadas, que recibe de la organización secreta que lo ha ayudado y mantenido durante todos estos años. Con cada fallecimiento, Hitler tiene la impresión de que su identidad se va disolviendo, o va perdiendo «capas», o es como un rompecabezas ya armado al que se le van retirando las piezas hasta desaparecer. Para 1958, todos los implicados en su fuga han muerto, por lo que la única persona en el mundo que sabe que Hitler es Hitler, es Hitler.

14.

A veces se inyecta morfina por las noches invernales de Bariloche y sale fuera de su cabaña, recitando a gritos fragmentos de sus antiguas alocuciones. Las montañas y los pinos un público silente y detenido. Los pastores alemanes suelen acompañarle por un momento con largos aullidos angustiosos y luego toman asiento a su lado, escuchándolo, suponemos, sin entender nada de lo que dice.

15.

Para comienzos de 1966 la salud de Hitler es bastante precaria. Primeros síntomas de demencia senil (cambios bruscos de humor, lapsus de memoria, insomnio), problemas renales y hepáticos derivados de una dieta irregular y el consumo de morfina. Cansancio, fatiga.

16.

Bebe una cerveza con el odontólogo en el pueblo. Son contadas las ocasiones en las que se sientan en el bar, en el reservado más distante, intercambiando frases en alemán en voz baja, susurrando, cuidando de no ser escuchados. Desconfían de todos. En realidad en el pueblo nadie les presta mayor atención. Si acaso, los tratan con un morbo ocasional e indolente.

17.

El odontólogo recuerda a una actriz famosa durante la guerra y aunque Hitler la conoció, no lo se lo dice, escuchándolo con fastidio; y en la barra del bar un televisor, el dueño sintonizando los canales en busca de un partido de futbol que aún no comienza, deteniéndose en un documental de la II Guerra Mundial, toma en blanco y negro, temblorosa, de los campos de concentración, prisioneros esqueléticos, vestidos con uniformes grisáceos, la voz del narrador del documental diciendo «… según los cálculos, al menos 6 000 000 de seres humanos fueron llevados a los campos de exterminio. Hombres, mujeres y niños que encontraron la muerte en…». Cambio al canal del encuentro, Hitler pensando en la cifra («seis millones»), por un momento maravillado, por un momento sorprendido, tal vez con cierta angustia, y luego olvidándolo todo, en la televisión los jugadores llevándose la mano al pecho para escuchar los primeros acordes del himno nacional.

18.

Los *hippies* tocan a la puerta de Hitler, le piden permiso para pernoctar en su terreno hasta la mañana siguiente. Hitler los escucha con una mano temblorosa en la espalda, sosteniendo una vieja Luger. Son jóvenes y ve muchachas en el grupo, lozanas y rubias. Asiente malhumorado, los pastores alemanes ladran nerviosos. En la noche ve a los chicos levantar tiendas con retazos de telas (manteles, sábanas, banderas) al lado de dos furgos VW, para reunirse luego alrededor de una fogata. Se inyecta una dosis y se acerca a saludarlos, atraído básicamente por las muchachas que visten ropa de hombre y no usan sostén. Los chicos agradecen su hospitalidad, lo invitan a compartir una botella de vino. La velada transcurre, alguien toca una guitarra. Hitler se entera de la existencia de los Rolling Stones, a quienes aborrece porque no son Wagner, alguien le pasa un porro. Las chicas practican el amor libre con los chicos en las tiendas de campaña, a veces la silueta de los cuerpos en las telas como mutaciones bicéfalas gimiendo entre la música. Alguien le brinda un hongo a Hitler. «¿Un hongo?», pregunta Hitler. «Sí un hongo», le explica el chico que tiene una barba rala y rubia y que a Hitler le recuerda a aquel judío famoso, Jesucristo. El chico le dice que el hongo crece en la bosta de las vacas y que al ingerirlo produce alucinaciones, que cree que a Hitler le puede gustar, porque se ve que es «un tipo buena onda». «¿Buena onda?», pregunta Hitler, y una chica sonriente aparece cubierta con una piel de becerro, toma el hongo de la mano del muchacho con sus finos dedos y lo coloca en los labios de Hitler, que lo engulle también sonriente y le pregunta a la chica su nombre y la chica responde «Eva».

19.

Hitler de nuevo en el búnker, en la pantalla de su sala privada la filmación de una ópera; Wagner, por supuesto. Los colores como aquellos que él usaba en las acuarelas, pero sacudidos por vibraciones espasmódicas, chillando con voces wagnerianas. Los *hippies* se reproducen, se vuelven millones, millones de jóvenes hermosos; las chicas desnudas, los chicos antiguos guerreros arios; el pecho descubierto, erguidos de cara al amanecer sobre ilimitados trigales; un nuevo ejército brotado de nuestra madre patria aria, y Hitler habla en alemán, les cuenta que él es su Führer, que ahora sí marcará el inicio del imperio de los mil años, que lo de antes fue un ensayo y esto es serio, y les grita que lo acompañen, y los *hippies* en realidad ven al anciano parado frente a la hoguera, riendo, balbuceando frases inconexas; las chicas sonriendo al notar la erección del viejo bajo la tela desgastada del pantalón de sucia pana y luego viéndolo alejarse de golpe de la hoguera, caminando hasta perderse en la oscuridad, diciendo «síganme» en un alemán que nadie comprende y riendo, riendo, riendo.

20.

Hitler despierta en las montañas. Vomita. Se levanta perdido, tiritando, enfebrecido, busca un punto de referencia para encontrar el camino a la cabaña. Tarda dos horas en regresar. Para ese entonces los *hippies* ya hace mucho que se han ido. En el pueblo comentarán sobre la hospitalidad del viejo alemán con los locales y escucharán, con sorna y despreocupado escepticismo, las historias que se cuentan respecto a él y al odontólogo. Mientras tanto, Hitler entra tambaleándose por la puerta del chalet. Los perros lo miran malhumorados porque aún no han comido. Hitler sin aliento, dando un par de pasos en la estancia, superado por los vértigos. «No puedo respirar», le dice a uno de los perros que lo observa ya sea sin comprender o comprendiéndolo y sin poder hacer mayor cosa al respecto. Un dolor avasallante como un inmenso y repentino tajo le recorre el pecho. Cae de espaldas, fulminado. Levanta las manos. «¡Me estoy muriendo!», piensa sorprendido. Los perros lo ven agonizar, hambrientos.

21.

Se hace la oscuridad. Hitler, que no alberga mayores esperanzas sobre el destino de su alma inmortal, se prepara para la posibilidad de dirigirse al infierno. Y no como un castigo por los actos que ha realizado en contra de la Humanidad, al fin y al cabo el juez sería el Dios de los judíos y ese no existe o es tan miserable como aquellos. No, irá al infierno por haber fallado en instaurar el reino de los mil años. Su castigo será un castigo impuesto por Odín, o tal vez por el espíritu ígneo de los Padres Antepasados Arios o alguna otra desbordada fantasía teutónica por el estilo.

22.

Entonces lo sacude el dolor y la luz. Y luego, frente a él, las formas de una habitación a oscuras. No siente su cuerpo. Tal vez no ha muerto sino sufrido un ictus que lo ha paralizado. Tal vez aún se encuentra en el suelo de su chalet, de noche, y los perros indiferentes contemplan desde la oscuridad su cuerpo inmóvil. Entonces percibe un movimiento en la periferia de su campo visual. Descubre el fragmento de una colcha y luego unas manos diminutas. Tarda varios minutos en aceptar y, luego de aceptar, tarda otros varios minutos más (¿o son años?, ¿o son siglos?, ¿o son milenios? No, son solo minutos) en comprender. ¿Comprender qué? Que de alguna manera, que aún no entiende del todo, su alma inmortal ocupa ahora el cuerpo de un bebé.

23.

No tiene ningún control sobre el cuerpo. De vez en cuanto percibe sensaciones, pensamientos informes. Calor, el alivio al hacerse encima, el miedo a la oscuridad a su alrededor. No tiene ojos propios que cerrar. Registra todo lo que sucede sin descanso, sin pausa. Las horas se extienden interminables. Por algún lugar se cuelan los rayos del sol e iluminan las secciones de una habitación. Ve los barrotes de madera de una cuna y el cielorraso, supone, de un apartamento. Voces que provienen de una calle, el tráfico de vehículos, cascos de caballo. Llanto. Hitler siente la punzada del hambre, el abrumador anhelo de contacto materno. Una mujer, gruesa y joven, enorme como una montaña, se asoma al borde de la cuna. Ropa de cama. Murmura unas palabras, toma al bebé. Hitler se deja llevar por el vértigo del movimiento, las pequeñas manos buscando el seno tras la tela, la avidez por la leche. Hitler sobrepasado por el seno que lo ocupa todo, el sabor dulce de leche, la desesperación de no tener ojos y no poder cerrarlos. Una nana en alemán. Luego las palabras cambian y Hitler, junto con el sabor agrio del pezón, el roce de la tela y el espanto, reconoce expresiones en yiddish. «He aquí el destino de mi alma inmortal», se dice. «Mi castigo». Hitler atrapado en el cuerpo de un niño judío.

El infierno.

24.

Hitler presencia cada fracción de segundo, dentro y fuera de este cuerpo en el que se haya atrapado. Jacob, el tercer hijo de una familia de panaderos hebreos. Algún lugar en Alemania, a comienzos del siglo XX. La caída del imperio astro húngaro, la derrota en la primera guerra mundial. Los senos insipientes que una tarde en el parque le muestra una niña a Jacob, las reprimendas del padre y la madre. El tiempo pasa, interminable. Una mañana la familia escucha las noticas del golpe en Múnich liderado por el joven Adolf. El miedo anida en el cuerpo de Jacob. Hitler, allá adentro, enloquece varias veces y vuelve a recuperar la cordura. El padre de Jacob, alarmado. Vándalos han reventado a pedradas las vitrinas del negocio, familiares cercanos hablan de emigrar, el ambiente se está volviendo cada vez más peligroso para los judíos. Jacob hace el amor por primera vez, se corre en segundos sobre el cuerpo de una muchacha rubia, que susurra torpes palabras de amor. Se siente vacío, se siente ajeno. En el liceo se aburre mortalmente en clases, pelea con jóvenes alemanes que repiten consignas nacionalistas, atiende el negocio de la familia con desgano, lee a escondidas revistas de farándula, el dedo repasando los perfiles de las estrellas de los *films* de moda. Hitler suplica por un momento de silencio, por el vacío, por la desaparición, pero sus plegarias no son atendidas. El tiempo pasa, interminable. Jacob se escapa de casa, llega a Berlín, trabaja en un cabaret, limpiando el local al cerrar. Una madrugada, pasando la fregona, el dueño lo escucha cantar y le dice que tiene buena voz. Algunas veces Hitler pide perdón a Odín, tan intensamente que si tuviese voz sus alaridos se escucharían en el Valhalla, pero o a Odín no le importan sus lamentaciones o a lo mejor Odín no existe. Jacob bajo las luces del escenario canta vestido de frac. Descubre su vocación y descubre también, alarmado, excitado, que le gusta el dueño del cabaret. Hitler chilla (es una expresión, se entiende, ya que técnicamente no tiene voz, ni siquiera boca, ¿no?, como ya lo hemos explicado) cuando el dueño del cabaret entra en Jacob y lo abraza entre gemidos. En la radio suena la voz del Führer, chillando frente a miles, la voz eléctrica y estridente proclamando un nuevo orden. Canciones de cabaret, una y otra vez. Jacob se reúne con su padre, que no lo reconoce. En medio de una fiesta, su amante le presenta a un alto jerarca nazi. Le susurra al oído «pueden enterarse de que somos maricas pero que jamás se enteren que eres judío». Miedo. Miedo. Miedo. Hitler, allá adentro, enloquece varias veces y vuelve a recuperar la cordura. Se escucha a sí mismo notificar al glorioso pueblo alemán la invasión a Polonia. Se escucha a sí mismo anunciar el decreto mediante el cual se deben legitimar los documentos de procedencia y nacimiento que certifiquen la pureza racial. Se escucha a sí mismo varias veces más y ya no entiende lo que dice. Jacob recibe una carta de una hermana. La familia ha vendido todas sus pertenencias y escapan a América. Jacob se encuentra con un funcionario en un callejón oscuro. Una mamada y 50 000 marcos por unos documentos de pureza racial con los sellos oficiales. Miembros de la SS en las mesas próximas al escenario. Hitler, allá adentro, a veces espera que lo saluden, otras se siente caer, ahogado por el pánico que recorre al cuerpo que lo aprisiona. El tiempo pasa, interminable. Jacob ve desaparecer a las personas a su alrededor. Desaparecen los comunistas, los judíos, los intelectuales, los atletas, los borrachos, las putas, los viejos. Una noche desaparece también el dueño del cabaret. Sobre el escenario contempla al público, compuesto exclusivamente por nazis. Jacob cruza la frontera rumbo a París, el soldado en la estación le pregunta el motivo de su viaje. Jacob explica que va de gira, el soldado revisa de nuevo los papeles, llama a un superior, miran los dos la documentación. El tiempo pasa, interminable. Jacob en otro tipo de tren, de vuelta a Alemania. Cientos de personas hacinadas en el interior del vagón, olor a heces y orín, a miedo y desesperación. Un viejo cae y no se vuelve a levantar. Un niño deja de llorar y la madre se lamenta sin fuerzas. Hitler, en el interior, guarda silencio. Jacob ya no siente miedo, solo un cansancio abismal. Recuerdos fugaces de sus padres, del dueño del cabaret. Tararea canciones que nadie escucha. Por fin se abren las puertas. Algunos no bajarán jamás. Gritos y órdenes. Golpes y culatazos. Alguien se retrasa y recibe un tiro en la cabeza. Hitler, en el interior, guarda silencio. Jacob sabe que pronto todo va a terminar, pero Hitler sabe más, sabe con terror, sabe con ansiedad, sabe *cómo* va a terminar todo. Enloquece y recupera la cordura una y otra vez. Una fila para los hombres y los viejos, otra para las mujeres y los niños. Entregar escasas pertenencias, ropas meadas y sucias, firmar documentos. Gritos y órdenes. Golpes y culatazos. Alguien se retrasa y vuelven a disparar. Jacob se pone a cantar, desnudo; le ordenan cerrar la boca y no hace caso y el polvo germicida le impregna el paladar y tose hasta perder la razón. Lo arrastran vestido con un mono gris. Uno de los hombres que lo sostiene le suplica que no vuelva a cantar, pero Jacob recupera el aliento y entre nauseas que Hitler no puede ignorar, comienza a musitar otra canción. Lili Marleen. La puta Lili Marleen. Los guardias arrastran a Jacob y lo golpean sin piedad. Algo se rompe, algo se hincha. Es más duro respirar y más difícil ver. Jacob vuelve a cantar y las canciones suenan extrañas porque ahora faltan algunos dientes y el viento entre los nuevos espacios en la boca juega malas pasadas con el fraseo y la entonación. Hitler guarda silencio. Han pasado segundos, han pasado mil años. Jacob camina en otra fila. Rumbo a las duchas, le dicen. Huele a cenizas y el polvo reseca el paladar. Todos desnudos en medio de la penumbra, se adentran en la edificación. Jacob siente los escalofríos que preceden a la salida al escenario, la noche del gran estreno. Imagina las luces del cabaret, su boca acercándose al micrófono. Empieza a cantar mientras fluye el gas y Hitler intenta agradecer a Odín y al espíritu ígneo de los Padres Antepasados Arios pero le falta convicción y no puede hilar las palabras y solo recuerda la voz del narrador, en una televisión que aún no ha sido inventada, diciendo «… según los cálculos, al menos 6 000 000 de seres humanos fueron llevados a los campos de exterminio…».

25.

Entonces lo sacude el dolor y la luz. Hitler lo comprende todo. «Esto apenas comienza», se dice, antes de volver a enloquecer. «Esto apenas acaba de empezar».

Aún faltan, al menos, unas 5 999 999 veces más.

**SEGUNDA PARTE
THRILLER REMIX**

FESTEJO

WILFREDO, MARÍN, PÉREZ MOORE y yo vamos en el Mercedes. Once de la noche. Once y cuarto.

Wilfredo fuma cigarrillos. Marín maneja y mueve el dial en la radio.

...shewasheshewashewaaaas / Sírveme un café mi amor que estoy saliendo para el trabajo / Hemos extirpado a la canalla que buscaba destruir a la Patria, envenenar el legado de nuestros próceres, pervertir el...

Pérez Moore saca un frasco. Nomás la etiqueta me da dentera. Engulle un par de comprimidos.

Pérez Moore es delgado, los rasgos de su cara angulosos, como si sus huesos fuesen afilados cuchillos bajo la piel.

Toma, me dice.

Trago dos también. Cierro los ojos. La noche no tiene comienzo. No termina jamás.

Marín apaga las luces. Avanza en neutro con el motor apagado. Estaciona tras unos pipotes. La penumbra huele a tabaco y a cerdo y a descompuestos frijoles con pimentón.

Es ahí, dice. Señala la planta baja de un edificio de dos pisos, de paredes sin frisar. Wilfredo asiente. La brasa del cigarrillo acercándose a la punta de los dedos.

Las píldoras intensifican mis percepciones y pensamientos. La piel de Pérez Moore es tensa como un cuero. Me parece imposible que los cuchillos de sus huesos no la atraviesen en limpios cortes.

Vamos, digo.

Ladridos de perro. Llantos de niños. Rompemos un televisor y un florero, una silla de ratán. No encontramos la puta luz.

¡Está en su cuarto, que no escape!, ordena Pérez Moore.

No llevamos linternas. Cuesta ver con los pasamontañas.

El tipo está en calzoncillos, una muchacha en bragas chilla.

¡¿QUÉ ES ESTO?! ¡¿QUÉ ES ESTO?!

Marín la patea, la tira sobre una cama *king size* y apoya la automática en su nuca.

Sometemos al hombre, en realidad un muchacho. No puede pasar de los veinte. Pérez Moore le pone una capucha en la cabeza (en realidad una vieja funda negra de almohada), yo le ató las manos con un *ty-rap*.

En la sala encienden por fin la luz. Dos niños nos miran debatiéndose entre el miedo y la rabia.

Pijamas de Power Ranger y ojos enormes y aindiados. El más grande debe tener cuatro.

Seguridad de la Nación, dice Marín.

Les apunta con la escopeta automática.

Vuelvan a sus cuartos…

En el sótano hace calor. Los pasamontañas están empapados de sudor, se te adhieren a la cara como una toalla húmeda. Pérez Moore y yo golpeamos al tipo con guías telefónicas. Algunas hojas se desprenden y flotan en el aire espeso y caliente como pétalos gigantescos que caen o como polillas borrachas de calor.

Nos detenemos a descansar. Me cuesta abrir los dedos para soltar la guía. La ubicua sangre del muchacho. Está en el piso, en las paredes, en el techo. Está en nuestros brazos y zapatos.

Wilfredo nos ve desde una esquina. Lleva dos cajetillas. Ha establecido un perímetro de colillas humeantes a su alrededor.

¿Es que no va a hablar nunca?, dice.

Pérez Moore sonríe sin verle, no ha soltado la guía.

Claro que va a hablar, murmura.

Volvemos a levantarnos.

El Mercedes.

Wilfredo y Marín adelante. Atrás, entre Pérez Moore y yo, el muchacho no deja de temblar. Marín juega con la radio.

…*extirpado a la canalla que buscaba destruir a la Patria, envenenar el legado de nuestros próceres, pervertir la semilla de la nación…/ plin plin Mistolín para los pisos por el rincón / ¡Bendícenos, Señor! ¡Bendícenos, Señor! ¡Bendí…*

El muchacho tiene un ojo negro, el labio inferior cuarteado. Lo vestimos con una camiseta de los Orioles de Baltimore, unos *jeans* viejos de Marín.

Pasamos puestos de control mostrando las credenciales de Pérez Moore. Los oficiales nos despiden diciendo «Buenas noches, señor». Pasan la vista por el muchacho y sus ojos, en esos momentos, parecen quedarse ciegos.

¿Dónde?, pregunta Pérez Moore.

El muchacho señala un bachillerato. Son las nueve de la mañana. Las manos le tiemblan, se pone a llorar. Suena el timbre.

Niñas y niños con uniformes de pantalones azul marino y chemises blancas.

Marín carga contra la puerta del aula. Gritos e imprecaciones. Llevamos lentes oscuros, Pérez Moore sostiene el carnet con la derecha y la Magnum con la izquierda.

Asunto policial, dice. Mantengan la calma y sigan nuestras instrucciones.

El profesor es joven y lleva anteojos. Una blanca guayabera de manga corta y pulidos zapatos de charol. Levanta las manos.

Wilfredo le pone las esposas. Yo le apunto con la escopeta y confirmo su identidad en una foto, donde aparece con otros dos tipos.

Los *próximos* dos tipos.

Los alumnos sentados rígidos en sus pupitres. Unas niñas lloran. Pérez Moore les sonríe con calidez. El tío Pérez Moore.

Alégrense, dice. Hoy no hay tarea.

No vamos a llegar, dice Wilfredo. Repiquetea los dedos sobre la guantera. Fuma un cigarrillo cuya brasa está a punto de alcanzar el límite del filtro.

Sí vamos a llegar, dice Pérez Moore.

Viajamos apretados en el auto. Los muchachos entre nosotros. Esposados, capuchas negras cubriéndoles la cabeza. Temblorosos, acre olor de transpiración, orines y turbación.

¡Ya van a ser las doce, coño!, dice Wilfredo. La vaina es esta noche. No vamos a llegar y nos vamos a joder, ¿no entiendes?

Pérez Moore saca el frasco. Hace tintinear las cápsulas restantes contra las paredes plásticas. Se sirve una, me ofrece otra.

¡No sabemos dónde están los otros, coño!, dice Wilfredo. Está cubierto de sudor, como si acabase de enjuagarse la cara.

Las pastillas empiezan a funcionar. Veo las gotas de sudor como mosquitos transparentes que no pueden ser espantados, como minúsculas cuentas de vidrio cocidas a la piel del rostro, como una escarcha brillante vista desde muy cerca.

Lo vamos a saber, dice Pérez Moore.

Agarra la colilla humeante de los dedos temblorosos de Wilfredo. Sopla la brasa hasta volverla naranja. La apaga en el dorso de la mano izquierda del profesor; gritos atrapados en el interior de la capucha negra.

Entramos en una maquiladora; estudio los rostros de los trabajadores buscando una coincidencia con los personajes de la foto.

Este es, digo.

Un gordo con bigote y camiseta de los Tigres de Detroit. El tigre desgastado y húmedo de sudor.

El gordo salta sobre unas máquinas, aparta a empujones a compañeros de trabajo, corre hacia la salida trasera. Wilfredo lo persigue con torpeza, yo ni me preocupo.

Afuera es mediodía y las cosas del mundo vibran con el calor. Wilfredo tose y escupe aspirando bocanadas de aire, apoyado en una pared de cemento.

Pérez Moore apunta al gordo con la escopeta, el rostro de su presa reflejado doblemente en los cristales de sus gafas de sol.

Dos expresiones de rabia, dos expresiones de impotencia, dos expresiones de pavor.

Hijos de puta, gime el gordo, hijos de puta.

Lo llevamos al carro. Marín lo ve y suspira.

No va a caber, dice.

Es verdad.

Métalo en el maletero, dice Pérez Moore.

Al último lo agarramos comprando pan.

Así de simple.

El resto de los parroquianos en el local hacen como si no sucediera nada, como si no estuviésemos allí. Prosiguen su compra de barras de pan francés y café con leche y medios litros de jugo y cajetillas de cigarrillos mientras encañonamos al muchacho y lo esposamos y lo sacamos a empujones y lo metemos a golpes junto con el gordo en el maletero del Mercedes.

Listo, dice Pérez Moore. Como tachar víveres de la lista del supermercado.

Se ríe a carcajadas de su propia ocurrencia.

A los otros no les causa gracia pero a mí, al cabo de un rato, me parece comiquísimo.

Viajamos por la autopista al atardecer; nos dirigimos a las afueras de la capital. Marín busca en la radio, maneja con el codo apoyado con displicencia en el borde de la ventanilla.

… acondicionado Artic Champion y refresque su vida. De venta en… / more that a woman, more that a woman to meeee / … doblegado a quienes con saña, con insidia, con aires secesionistas y desestabilizadores intentan denostar nuestra…

Una mansión en la montaña, protegida por el ejército, la guardia presidencial y organismos de inteligencia.

Entramos por la parte posterior. Camiones de servicio de *catering* y de organización de eventos.

Wilfredo se peina el cabello grasiento, se afeita la barba de días con una afeitadora eléctrica.

Te ves bello, bromea Pérez Moore.

Wilfredo sonríe. La tensión se ha disuelto entre nosotros. Hemos cumplido con creces la misión. Los resultados se verán positivamente en nuestros historiales. En el interior de la capucha del profesor de secundaria se escucha un llanto.

Nos detenemos al lado de una van negra sin placas. Wilfredo se baja a hablar con uno de los ocupantes. Se dan las manos, palmadas de reconocimiento.

Nos ajustamos las corbatas, alisamos la tela de nuestros trajes. Por suerte Wilfredo lleva un desodorante en la guantera. Lo compartimos y atenuamos el fuerte hedor de nuestras axilas.

Llegan otros agentes. Procedemos a hacer entrega de los detenidos. Los que sacamos del maletero están sudados. Parpadean y protegen sus ojos con las manos esposadas.

Uno de los agentes es un viejo de traje negro. Lo tratan con deferencia, le dicen «señor». Gafas oscuras impenetrables. Lleva un *dossier* con fotos, confirma la identidad de los sujetos.

Se lleva al profesor aparte. Le retira la capucha.

¿Usted es líder de la banda?, pregunta.

El muchacho asiente, uno de los cristales de sus gafas astillado, los ojos enrojecidos.

Esta es la lista de temas.

¿De temas?, murmura el profesor.

Así le dicen, ¿no?, temas. Las canciones que van a tocar.

¿Canciones?

Ustedes tienen una banda. Tocan temas extranjeros. De un grupo que se llama Los Vates...

¿Los Beatles?

Esos, *Los Bítel*. Estos son los temas que van a tocar.

El profesor mira a su alrededor, el papel frente a sus ojos, al viejo. Al atardecer a través de los árboles. Sus compañeros que tiemblan, encapuchados, esposados. Unos mesoneros de chaquetilla blanca que transportan cajas de exclusivo vino francés.

¿No estamos detenidos?, dice.

El viejo parece impacientarse. Agarra al profesor por los cabellos. Lo atrae hasta su boca de labios agrietados y dientes como de antiguo marfil.

¡Mira, maricón, espabílate!, murmulla. ¡Estás bajo la custodia del Estado! Hemos decidido darles una oportunidad de que sirvan para algo más que no sea tocarle los güevos a la gente decente. ¡Estos son los temas! ¡De *Los Bítel*! Es lo que van a tocar esta noche, ¿me explico?

Jala los cabellos, se acerca más.

¿Me estoy explicando con claridad o quieres unas buenas patadas en el culo para que lo vayas entendiendo?

El profesor dice «sí, sí» con lágrimas en los ojos. El viejo lo suelta, se limpia la palma de la mano en la guayabera sudada.

Pero no tenemos instrumentos..., susurra el profesor con pena, su cuerpo sacudido de temblores.

El viejo asiente, parece aprobar el matiz de profesionalidad en las palabras del detenido.

No hay ningún problema, dice. Tenemos los mejores equipos.

Comemos pernil en la cocina, rodeados del tumulto de los preparativos de la fiesta.

Bebemos unos whiskys. Wilfredo se sienta con nosotros, muy emocionado.

¿Saben quién nos felicitó?

Pérez Moore sonríe, lo mira de reojo.

¡No me jodas!, dice, los carrillos repletos de pernil. ¡No me jodas!

¡Ajá!, exclama Wilfredo como si cantara. ¡Ajá, ajá, ajá! El General, cabrones. ¡El mismísimo General!

Levantamos los vasos plásticos, brindamos con genuina excitación.

Mandó a llamarme para felicitarnos, explica Wilfredo. Me dijo que estaba orgulloso de nosotros, de cómo habíamos resuelto en tiempo récord. Le dijo al jefe que debía tomarnos en cuenta, coño.

Hace una pausa orgullosa.

Nos invitó a que nos quedáramos en la fiesta…

Marín gruñe.

No me gusta la música, dice.

¡Te la calas, cabrón! No podemos rechazar una invitación del General.

Es cierto, concluimos todos. Nadie rechaza una invitación del General.

Cerca de la medianoche.

Teas clavadas en el césped chino. Luces destellando en las aguas agitadas de una piscina.

Muchachos y muchachas en trajes *sport*, en bañadores. Mesoneros que atienden atareados las mesas, que reponen una comida de innumerables platos sobre un alargado mesón.

Pancartas rodeadas de globos multicolores que rezan: FELIZ CUMPLEAÑOS, JUNIOR.

Han levantado un escenario al borde de un bosque de altos árboles. Torres de amplificadores y luces blancas. Asistimos tras bastidores al recital.

Traen custodiados a los músicos. Los han bañado y vestido con ropas nuevas. Unos conjuntos baratos de lentejuelas negras y fajines, camisas con faralados y zapatos de cuero sintético blanco.

El gordo conecta una guitarra eléctrica, el profesor un bajo. El de la panadería toca la percusión, el del barrio un sintetizador. Las luces les dan un aspecto desesperado a sus rostros; de animales atrapados, de payasos obligados a presentarse frente a auditorios desiertos.

Comienzan a tocar. Los invitados ovacionan. Puedo ver, rodeado de guardaespaldas, al General. Viste de civil, un traje blanco que resplandece con luminiscencia lunar. Abraza a su hijo, un muchacho de rasgos anodinos.

No sé de música. Tampoco sé inglés. Las canciones no me emocionan particularmente. Los invitados aplauden, acompañan algunos temas. Piden otras canciones que enriquecen el repertorio.

Los músicos tocan con frenesí. Alguien debe haberles dado drogas, anfetaminas. Acometen las canciones con una fiereza que me recuerda a los gladiadores de aquellas películas italianas. Cada acorde es una cuestión de vida o muerte. Los versos cantados con desesperación.

Pero tal ritmo es imposible de mantener. Algunos invitados se dirigen de nuevo a la piscina, otros al *buffet*. Algunas personas conversan recostadas en el césped, los mesoneros escanciando sus copas.

Pérez Moore conversa con Wilfredo y el viejo de las gafas ahumadas. Veo al General susurrando algo al oído de alguno de sus tantos asistentes personales.

Buenas noches, dice el profesor a través del micrófono. Sus palabras reverberan en el bosque oscuro. Se internan allí adentro como pájaros volviendo a sus nidos. Uno de los agentes le hace señas.

¡Feliz cumpleaños, Junior!, exclama el profesor.

No sé si se ríe o llora.

El público aplaude por un breve momento.

Caminamos por el bosque. Agujas de pino y hojas secas crujen bajo nuestros pies.

Vamos Pérez Moore y yo. Los músicos. Unos militares y otros agentes de seguridad del Estado.

Pérez Moore da una palmada amistosa en la espalda del gordo.

Muy buena la versión de «I wanna hold your hand», le dice.

¿Le gustó?

Oh, sí.

El tío Pérez Moore.

Llegamos a un descampado. Unos soldados permanecen de pie frente a unas camionetas sin placa.

Se escucha el viento y el canto de un insecto o de un ave, no lo sé. Pérez Moore me hace una seña imperceptible.

Está saliendo el sol, le digo al profesor.

Espero a que se vuelva al horizonte para efectuar el primer disparo del día.

CRÓNICA DE LAS INDIAS

DOS FLECHAS ATRAVIESAN LA armadura cruzando el pecho y las costillas. Se levanta, es de noche. Camina por la selva escuchando los insectos. Pasa entre los cuerpos caídos. Cadáveres perfumados de sangre y pólvora. Arriba al asentamiento. Grita «Ah, del fuerte»; «Ah, del fuerte». Las inmóviles siluetas de los centinelas apostados en lo alto de la muralla. Cruza el portón a medio abrir. Sus compañeros de armas dispuestos en torno a las ascuas de un fuego. Sueños de pesadilla. Labios temblando entre las barbas como lombrices retorciéndose entre briznas de desordenada hierba reseca. Algunos desvelados miran ausentes, el recuerdo de rostros y lugares que no volverán a ver, la recolección de terribles incidencias en la reciente batalla, fatigados por la conquista interminable de estos confines del mundo. La tienda del Capitán. Lo encuentra escribiendo en el grueso tomo con la pluma de metal. La punta bebiendo del tintero y luego recorriendo temblorosa la vitela. Capitán, lo llama, Capitán. Los ojos del oficial cristales febriles y empañados y él se inclina para leer lo que el oficial transcribe y lee su nombre en la dilatada lista, luego de la descripción de la batalla de este 9 abril en el año de nuestro Señor de 1578. Vuelve sobre sus pasos. Sobre su cabeza las estrellas desapareciendo tras las copas de los árboles, las plumas de las flechas azules y rojas en la oscuridad como festivas luciérnagas que señalan el camino. Espanta las moscas y toma asiento y ocupa su lugar entre los otros cuerpos.

VENERANDA

CUANDO LES RETIRAN LAS capuchas están en un cuarto sin ventanas.

Las manos y los pies sujetos con *ty-rap* y cinta aislante a baratas sillas plegables de metal. Negras bolsas de basura cubriendo el suelo de pared a pared.

Cuatro hombres los encaran. Armas largas y fusiles de asalto. Lentes de sol y sombreros rancheros. Las bolsas crujen bajo las botas vaqueras.

¿Qué iban a hacer, cuándo lo iban a hacer y cómo lo iban a hacer?, pregunta el del bigote blanco.

Hace cuatro horas desembarcaron en el aeropuerto internacional de Santa Cruz. Son tres, procedentes de Culiacán. El gordo aún siente el sabor de los cacahuates servidos en el vuelo, el salitre en la brisa que se colaba por la ventanilla del taxi, camino del motel.

¿Y tú te trajiste a tu vieja?, pregunta sorprendido el de bigotes. Una camisa de seda abierta en el cuello, las cadenas gruesos radios brillantes alrededor de la garganta.

El hombre atado sonríe, como si hubiesen puesto los labios de otra persona en su cara trastornada. ¿Ella también esta acá?, dice.

Y seguimos con nuestros invitados, amigos. El día de hoy hablamos con Veneranda, de Puebla, que a sus tiernos diecisiete se fue a vivir con un hombre veinte años mayor que le prometió villas y castillos y casi la terminó matando. ¿Por qué? Porque el güey era nomás que un capo de los Zetas y se la llevó arrimada a hacer un trabajito, ¿lo pueden creer? ¡Qué tino con los hombres, Venerandita! Y después viene Octavia, de Yugo, que todos los sábados y domingos hace fila en la correccional de San Andrés para visitar a su novio, un pachuco con tres muertos en su haber, que detuvieron en un puesto de la federal con diez kilos de heroína y dos «cuernos de chivo» y balas como para invadir Afganistán, Dios de mi vida. Por último platicaremos con Celia, de Colonia Vela, que se desvive por un azote de barrio, miembro de una de las bandas más peligrosas del lugar, que le ha dado dos hijos, tres miserables billetes a fin de mes y más de medio millón dolores de cabeza y aún no llega a los veinte añitos, amigas y amigos. Todas estas mujeres compartirán su historia con nosotros, en el tema de hoy, que es un tema actual y candente: «Soy una novia del narco». Ahoritita mismo, no se me mueva de allí, ahoritita mismo después de estos mensajes comerciales...

El hombre atado mira a sus compañeros. El gordo tiene los ojos cerrados y parece dormir y un sudor espeso se desliza en su rostro y su cabeza es como un fruto almibarado.

El tercer hombre tiene pómulos salientes y es moreno. Baja la mirada, sus pies moviéndose sobre las negras bolsas que cubren el piso y suenan a veces como hojas secas y otras como papel arrebujado.

¿Qué iban a hacer, cuándo lo iban a hacer y cómo lo iban a hacer?

¿La vas a soltar?

Depende, chingado.

Si te explico todo la puedes soltar.

Faltaba más.

¿Tengo tu palabra?

Claaaro.

¿Y cómo sé que puedo confiar en ti?

Ese es tu problema, chingado.

Las bolsas pisoteadas, la entrecortada respiración de los cautivos.

Mañana. Al mediodía.

Síguele.

Y como les decía anteriormente, vamos a comenzar con Veneranda, que se nos salvó por los pelos hace un par de semanas, que esta acá porque todavía hay un Dios que perdona y protege. Porque imagínense nomás que esta criatura fue seducida, encandilada, por un hombre que le regalaba joyas y la llevaba a los más finos restaurantes, y que le dice «Venerandita mía, vámonos este fin de semana a la playa, te llevo a Santa Cruz que tengo un negocio y te apalancas en la piscina nomás mientras resuelvo el bisnes, ¡que caray!» y resultó que el

*güey era un sicario y que el trabajo era cualquier bar-
baridad de esas que los sicarios hacen, y que lo pillaron
los criminales a los que se iba a trincar antes de trincár-
selos ¡y en ese papelón casi nos desgracian a Veneranda,
amigas y amigos! Pero dejemos que sea la mismísima
Venerandita la que nos cuente. A ver, mujer de Dios,
¿cómo viniste a enredarte con ese gangster, mijita, y a
meterte en ese berenjenal, mi niña?*

¿La vas a soltar?

Vamos a confirmar ese cuento, chingado.

Los rancheros salen sin mirar atrás. Uno se
recuesta sobre el marco de la puerta, la bota apoya-
da en el perfil de hierro. Enciende un cigarrillo, el
humo se transforma en una telaraña fantasmal.

Lo siento, murmura el hombre atado. Lo siento de verdad…

El gordo suspira con los ojos cerrados. El tercero
los mira un momento como acabando de despertar.

No la sudes, dice el gordo. Ya estamos muertos.

Podemos darles más información…

Estamos muertos desde que nos montamos
en el pinche avión, desde que nos levantamos esta
mañana…

*Recuerdas a Germán besándote los pies, repitiendo
la letra de alguna canción, la fragancia de la colonia que
usaba y que aun todavía a veces percibes. Recuerdas la
larga noche, la voz del hombre susurrándote «Manda a
decir Germán que te estés tranquila, que te aguantes que
ya nomás se soluciona esto». Recuerdas los ojos vendados,*

el rumor del mar y el hombre diciéndote «Cuentas hasta cien y ya», y tú contaste y con mucho cuidado retiraste la venda. Recuerdas la playa, tus pies descalzos sobre la arena tibia y cómo parecía que acaban de volver a hacer el mundo pero era tan triste porque lo habían vuelto a hacer a condición de que en él no estuviese Germán.

Entran de nuevo los rancheros. Traen una cámara de video, traen un trípode de *amateur*. Traen luces que instalan en el cuarto y luego encienden, calcinando la habitación.

El hombre atado mira las siluetas entre el fulgor, los brillos blancos que bailan sobre el plástico negro.

Solo suelten a Veneranda, implora.

La motosierra tose un par de veces antes de arrancar. El de los bigotes avanza unos pasos.

Mira la cámara, dice.

Y ahora las lágrimas corren por tu rostro impasible y sientes en el bolsillo los pocos billetes que te dieron para que vinieras hoy a hablar y dices, con voz queda, «Germán era mi hombre, Germán era el amor de mi vida».

ÁNIMAS

LA PROFESORA ME CONVOCA a su despacho. Paredes amarillas, velas blancas alumbrando antiguas fotografías. Sobre el escritorio libros de descolorado cuero marrón. Palabras incompletas dispersas en los lomos.

La profesora Estrella, su piel negra, lustrosa como una piedra recién sacada del lecho de un río. Su vestido de algodón blanco.

Dice:

Don Marcano me ayuda en estas diligencias.

Los clientes nos observan.

Una pareja joven. El muchacho de cabello enrulado. No deja de moverse en su asiento. Parece esperar un ataque inminente.

La muchacha es blanca y rubia. Abre mucho los ojos enrojecidos. Toma a su compañero por un brazo de músculos breves y fibrosos. Tatuajes de animales marinos y olas encrestadas de espuma entre los temblorosos dedos blancos.

El dorso de la mano de la muchacha está cubierto de pecas pálidas. Los delgados hilos transparentes de sus venas.

Me observan de arriba abajo. Parecen comparar mi traje blanco de tres piezas con sus *jeans* deslavados y sus camisetas gringas. Mis elegantes zapatos de dos tonos contra esos tenis como de astronautas que usan los muchachos de hoy en día.

Están sintiendo una presencia, dice la doctora.

¡Sintiendo una presencia!, escupe el chico.

¡Tomás!, dice la muchacha, los dedos aferrando exóticos peces tatuados.

¡Cabrón es lo que es! No paraba de joder vivo y muerto jode aún más.

¡Tomás!

El muchacho aprieta los puños, se cuadra para un combate al que no se presenta el rival.

¡Se apareció donde trabajaba para pajearme con los jefes!, farfulla. ¡Llamó a la policía y me inventó un expediente! ¡Te daba de palos todo el santo día!

Por favor, mi vida...

¡Era una mierda vivo y es una recontra mierda muerto, Dios mío, el hijo de puta!

¡Tomás!

La muchacha se pone a llorar. No se puede contra las lágrimas de una dama. Tomás baja el amperaje, engaveta el odio y las ganas de matar. Abraza a la muchacha con suavidad, los ojos humedecidos, parpadeantes.

Serénense, dice la doctora Estrella.

Posa su mano sobre el hombro del muchacho. Puedo sentir esa tibieza. La calma inmediata.

Serénense, que todo tiene arreglo, prosigue la doctora. Dios no nos pone en el camino nada que no podamos superar.

Cómo lo odio, dice Tomás, las palabras entre sus dientes, enredadas en los cabellos rubios de su compañera.

Cómo lo odio...

No nos deja dormir, dice la muchacha. Se aparece en la noche y tumba cosas. Araña las paredes y se lamenta. Todas las noches.

¿A qué hora?, pregunta la doctora.

A las dos, responde Tomás. Los ojos cerrados como no queriendo ver.

A las dos, repite la muchacha. Todas las noches. Todas las noches.

La doctora Estrella me observa, sirve un poco de agua en un vaso de cristal.

Beban un agua fresca, dice. Tengan fortaleza. Don Marcano ya trabaja con nosotros.

Cruzo un jardín. Los sapos croan bajo árboles oscuros y un cielo sin estrellas. Toco la puerta una vez.

¿Quién es? ¿Quién es?, exclama la muchacha.

No abras, dice Tomás.

Toco de nuevo. Ya van a dar las dos.

No abras, implora Tomás. Hay miedo en su voz, la puerta se abre.

¡Dios mío!, dice Yolanda. ¡Ay, Virgen Santísima!

Se abrazan en el pasillo a oscuras. Me observan con ojos como platos. Tomás en calzoncillos. Yolanda con una bata de toalla azul. Él sin afeitarse. Ella con ojeras como discos oscuros.

Se escuchan los sapos, las respiraciones agitadas de la pareja. Resuena el tic tac de un viejo Seiko en la pared. Espantoso papel tapiz de un río recorriendo un bosque otoñal en el Canadá.

Veo un jarrón lleno de acacias. El aroma de las flores a punto de marchitar.

Señalo el reloj.

Yolanda lo entiende. Susurra al oído de Tomás:

Ya viene…

Y, apenas al decirlo, arranca.

Los vellos se erizan en los brazos desnudos. *Ese olor*.

Carne descompuesta. Animal muerto. Chistorras viejas y caraotas y cerveza. Materia corrompida asediada por los gusanos.

Se escuchan pasos desordenados por el pasillo a oscuras. Uñas arañando el papel tapiz. La sangre brota de las paredes como rojos fuegos de artificio.

En la penumbra surgen piernas pálidas y delgadas, una calva surcada de arrugas. Ojos verdes como los de Yolanda.

Una camiseta blanca de cuello en V. Un manantial de sangre en el centro del pecho. La nariz rota, el tabique nasal a flor de piel. Una boca de labios cuarteados. Hilos de sangre serpenteando entre dientes astillados.

Los muchachos se abrazan temblorosos. Se encogen como buscando esconderse entre los arces fuera de registro del papel tapiz.

Los lamentos en el pasillo son pájaros que se colaron en la casa y dan bandazos contra las paredes buscando salir.

Miro a la muchacha. Pregunto el nombre de su padre. Sus ojos saltan de mis labios al pasillo. De mi pregunta a los dedos engarrotados que abren surcos en el yeso y el papel.

Eusebio, murmura.

Avanzo por el pasillo. Recuerdo cuando bebía ron y le gritaba a mis hijos. Recuerdo insultos y cómo el mundo parecía incendiarse a mi alrededor.

Me ajusto la corbata, aliso los pliegues de las solapas de mi paltó.

Eusebio, digo.

Recorridos aleatorios de las manchas de sangre sobrevuelan los árboles y el curso del río. El viejo cierra la boca, parpadea. Extiende brazos manchados de tierra, los dedos de negras uñas rotas.

Mírate, Eusebio.

Apunto a su pecho herido, a la camiseta manchada de sangre y tierra removida.

Mira este desastre.

Contempla sus manos, su cuerpo. Observa el pasillo destruido.

¿Qué coño pasa aquí?, farfulla.

Un trozo de diente cae de su boca, rebota en el piso de gres barato. Lo toma con cuidado y lo observa como si estimase el valor de un diamante excepcional.

¿Qué coño pasa aquí?

Mira mi rostro, mi sombrero argentino de ala ancha. Recuerdo cuando lo compré. Cómo lo escogí por el cuidado de su factura. Recuerdo cómo le sonreí a la muchacha que me lo vendió y cómo ella me devolvió la sonrisa.

Eusebio mueve los labios. Su boca rota como una herida enorme en medio de la cara. Desanda pasos por el pasillo. Tropieza con la nevera en la cocina. Sale por la puerta de madera hacia un patio posterior.

La luna es un vidrio partido detrás de las ramas de los árboles. Atravesamos la espesura, apartamos hojas y matorrales.

Se acabó, Eusebio, le digo.

Alcanza un lugar despejado en medio del bosque, aparta unas piedras y escarba la tierra húmeda. Pasan siglos, miles de años. Los dos contemplamos aquello que va quedando al descubierto.

Su rostro, habitado por gusanos, observándonos desde el fondo del agujero.

Los muchachos sentados frente a la profesora. Los semblantes calmos. Las manos cruzadas sobre el cuero marrón de los asientos.

Tomás dice:

Esa noche se nos vino encima. Le dije que Yolanda y yo nos íbamos. Que nadie nos iba a detener. Lo habíamos decidido ya.

Yolanda suspira. Mira a través de la profesora. Recorre las fotos dispuestas en la pared. Las velas de cera blanca y las cintas de colores.

Yo ya no lo soportaba más, susurra. Me estaba muriendo del miedo pero no podía más. Me pegaba todo los días y decía que me iba a matar.

Esa noche él estaba con unos amigos y aprovechamos para hacer las maletas e irnos antes de que llegara, pero volvió más temprano.

Se puso a gritar como un loco.

Nos amenazó. Dijo que iba a tirarme la policía, que iba a contratar a unos tipos para matarme. Que su hija no se iba a vivir con un negro, jamás.

Nosotros lo ignoramos y yo recogí mis maletas. Pero entonces entró a la cocina y volvió con un cuchillo.

Tomás aprieta el puño.

Se paró en el pasillo y me amenazó con el cuchillo. Dijo que primero nos mataba antes que dejarnos ir.

Y yo le dije, susurra Yolanda, que lo odiaba. Que lo odiaba más que a nada en el mundo. Que lo odiaba con toda mi alma. Que nunca en mi vida lo iba a dejar de odiar.

Y entonces se nos vino encima.

Somos sombras bajo la luna. Lo que decimos nadie más lo puede escuchar.

¡SOY YO!, grita Eusebio. ¡SOY YO!

Todo retrocede hacia la penumbra.

Eusebio se observa a sí mismo con incredulidad. El reflejo de su rostro en un espejo de tierra húmeda, gusanos relucientes que acarician los contornos faciales, las cuencas consumidas.

Así mismo, viejito, le digo.

¡NO PUEDE SER!, grita, ¡NO PUEDE SER!

Así mismo es, le digo.

¡NO PUEDE SER!

Cae de rodillas en la tierra.

¡CÓMO HA PODIDO PASARME ESTO!

¿No te acuerdas, Eusebio?

Veo sus facciones recompuestas. Las heridas desaparecidas. La camiseta blanca manchada de sudor pero no de sangre. Todo huele a anís barato. Recorremos el pasillo, nuestras sombras proyectadas sobre la pared blanca.

Eusebio levanta la mano y observa con horror el filo del cuchillo.

Recuerdo cuando llegaba borracho a mi casa y gritaba barbaridades.

El mundo se cubría de llamas a mí alrededor.

Estuvo a punto de darme pero le agarré la mano, dice Tomás. Los ojos aguados. Los peces en sus brazos inflados de repente.

Tomás lo pegó contra la pared y yo agarré un jarrón, dice Yolanda. Ni me di cuenta cuando lo tenía en las manos. Era como verme a mí misma en una película, ¿sabe?, desde lejos.

Yo le pegué primero, dice Tomás.

Yolanda empieza a llorar, pero su voz es articulada, calma.

Y yo después, dice. Y le pegamos y le pegamos… y no pudimos dejarle de pegar, ¿ve?

Una madrugada. Los muchachos abrazados en un rincón.

El reloj da las cuatro. Yolanda pasa una fregona por el piso. Limpia las paredes. El silencio rasgado por los pasos sobre el cemento, por las cerdas enjabonadas de un cepillo.

Tomás extiende los pliegos del papel tapiz sobre la pared, manchas oscuras como nubes lejanas clausuradas por pliegos de arces y maples, de ríos de aguas anaranjadas.

Un par de amigos que preguntan por Eusebio. Un gordo con una barba de días. Una camisa de poliéster con dibujos de tiburones y anclas.

¿Y tu viejo?

No volvió anoche.

El otro amigo es flaco. Las manos llenas de anillos de imitación de oro y cadenas gruesas. Se ríen.

No volvió anoche, repiten.

Un anochecer. Los muchachos abrazados en la cama de Yolanda. Los ojos atisbando la silente oscuridad.

Eusebio da tumbos por el pasillo. Pasa las manos por el papel tapiz. Se inclina sobre el piso impecable y recoge un diente.

Me mira. Un hilo de sangre se desliza entre sus labios.

Así mismo es, le digo.

La profesora Estrella enciende las velas. Indica las dinámicas a las que estamos sometidos en los planos existenciales. Explica a los muchachos las partes del procedimiento.

Escucho sus voces lejanas.

Eusebio contempla el agujero en el suelo. Pasa las manos por su cara, repite recorridos ya efectuados por los gusanos.

¿Cómo ha podido pasarme esto?, susurra.

Los muchachos encienden una vela. Colocan ofrendas de fruta y cintas coloridas. Contemplo las viandas servidas, degusto el sabor de las rojas manzanas.

La profesora Estrella les instruye acerca de cómo deben preparar el terreno donde yace el cuerpo.

Don Marcano nos ayudará durante estas diligencias, dice la profesora Estrella. Ahora él vela por ustedes y debemos agradecerlo como corresponde.

Los muchachos sostienen los papeles con los rezos.

Gracias, gracias, gracias, escucho, en medio de esta interminable oscuridad.

PLUSVALÍA

SÍ, ME MASTURBO EN la ofi, sí, ajá, ya lo dije. Me hago la paja en la ofi. ¿Y? ¿Por qué no puedo decirlo, a ver, por qué? O bueno, decirlo, decirlo así, pues a lo mejor es una grosería, ¿bien?, una falta de tacto. Pero, ¿por qué no puedo hacerlo, ah? La masturbación, digo. ¿Por qué no puedo hacerlo? Miren mi récord de ganancias, mis putos resultados trimestrales. Qué son al lado de unos míseros minutos de You Porn, ¿ah?, de unas pajas viendo cómo lo hacen en el sudeste asiático, como la hondureñita aquella se lo mete por primera vez en el ano, ¿ah? ¡Nada! Nada. No es nada. No quiero ponerme vasto, ¿ven?, pero bueno, si me llevan hasta allá, ¿eh?, si me llevan hasta allá pues hasta allá voy. Y entonces yo coloco mis ganancias, lo que le produzco a la empresa, el biyuyo puro y duro, ajá, y lo coloco, por ejemplo, al lado de las cantidades de semen que generados en el puesto de trabajo, coño, de los centilitros, ¿ah?, de los mililitros del producto de mis eyaculaciones, ¿me explico?, y cada gota de semen mía, no sé, cada diez mililitros de semen, de secreción, de leches, mierda, como lo quieran llamar, son como trescientos mil, ¿captan?, tal vez doscientos cincuenta mil, carajo. Ajá, trescientos mil la milésima de semen, vale, o sea una barbaridad, una cosa que en términos precio/valor, esto por aquello, de lo que le cuesta a la empresa mis dos minutos en XXXVideo, Perras arroba, Vaginascope.com, ¿me explico?, que además son dos minutos, ¿sí?, tres echándole un camión, porque no estoy pegado dándole al guacamole, batiendo la mantequilla, en el *pumping*, ¿me explico?, todo el día. Bueno, poniéndolo así, ¿ah? Una cosa que le cuesta a la empresa centavos, mis amigos, calderilla, ¿estamos? Es un negoción, chico. En resumidas cuentas una inversión del carajo, *coworkers*. Del carajo.

RESPLANDOR

1. CONTEMPLO EL PAISAJE antártico del salva-
pantallas. Tendría que apagar la computadora para
ahorrar electricidad. Aumento el brillo. Que los
generadores se recalienten hasta que estallen. Que
colapsen las líneas y reine la oscuridad.

2. Le respondo a mi señora que el día está
rarísimo, nos vemos esta noche. Beso, clic. Meto
lo que se me permite llevarme en una caja. Dejo
las llaves de la oficina y del baño sobre el desierto
escritorio.

3. Atravieso los cubículos. Me miran de reojo.
Soy «el próximo podrías ser tú».
Me detengo donde Sánchez Suárez. Lo lamenta de verdad verdad. Algo había escuchado pero no
pensó que me sucedería a mí. Asegura que se encar-
gará en persona de los pagos. Habla de un amigo
en KPMG, dice que me recomendará *cabalmente*.
Cuenta conmigo para lo que sea, Rogelio.

Asiento en silencio, calmado. La quietud que conoce el barco luego de horas hundiéndose, cuando luego de descender en las aguas se posa por fin en el fondo del mar.

4. El auto encendido en el estacionamiento, el rumor del aire acondicionado. «2G», en amarillo, escrito sobre una viga de concreto.

Me acaban de botar, digo en voz en alta.

Es una notificación, un memo oral al Universo. Espero unos segundos. El Universo no responde. Tal vez la línea esté ocupada. Tal vez deba llamar más tarde. Miro hacia el techo. La cubierta de tela, el foco de luz.

5. La autopista a las once de la mañana. Años estando a esa hora reunido. O en un cubículo. O conversando bolserías en el puto cuarto del café. Me estoy desconfigurando. A veces siento una vibración en alguna parte de mi cuerpo. Me palpo la zona creyendo que es el celular pero no hay nada. Algo se desconecta en las distintas secciones de mi fisiología y se agita antes de apagarse por completo.

El Che, Simón Bolívar y Jesucristo reunidos en un mural de un viejo edificio de apartamentos. Un *parking* polvoriento lleno de camionetas último modelo. El encargado usa una silla de ruedas. Levanto una hipótesis de inmediato: Rodeado de vehículos todo el día su cuerpo comienza a transfigurarse en uno ellos. El proceso es gradual.

Despierta una mañana y sus piernas se han convertido en ruedas.

Necesito un trago *ya*.

6. Chinos y árabes me observan desde el interior de sus tiendas. Ofertas de juegos de cubiertos de latón, chemises Lacoste falsas. Los lagartos en el pecho son a veces iguanas, a veces serpientes. Han vuelto a ponerse de moda las franjas horizontales y los colores fosforescentes. En todos los minicomponentes suena reguetón. Esa será la música que tocaran las trompetas de los ángeles, el día del juicio final.

7. Corro unas cuentas de acrílico. Un mesonero dispone manteles de plástico sobre mesas de pino barato. Digo buenos días, me siento en la barra. El barman enciende un televisor. Usa una camisa blanca arremangada y una corbata de pajarita negra, de las de gancho, oculta parcialmente bajo una carnosidad sonrosada. Me habla sin dejar de ajustar canales.

¿Qué va a ser, papá?

Whisky. Elige una botella del estante. La agita frente a mí. El whisky adulterado desprende, desde el fondo de la botella, unas burbujas particulares.

Jamás he sabido reconocerlas.

8. Cristiano Ronaldo realiza lentos chutes impecables en el televisor. El barman sirve cervezas y medidas de ron. El comentador especula acerca de los millones que se producen cada vez que el astro toca la esférica. De sus capacidades y lo que

cuesta ponerlas en práctica. En algún lugar existe una fuente de la que brotan millones de euros y ninguno de nosotros, de este lado de la pantalla, conoce su paradero.

Los habituales usan camisas de poliéster, necesitan un afeitado. Tienen un aire de boxeadores que acaban de decidir que ha llegado el momento de tirar la toalla. Uno de ellos revisa una vieja cartera de cuero verde. Dice ¿tú pagas esta? y el otro responde sin dejar de ver la televisión: ¿Y qué otra cosa puedo hacer?

Eso, digo contemplando mi reflejo entre las botellas, ¿qué otra cosa puedo hacer? Consumir mi bebida. Calcular mentalmente cómo voy a administrar la liquidación hasta que consiga otro trabajo. Prefigurar las diferentes expresiones del rostro de Mirna cuando le cuente lo sucedido, con la corbata desanudada, el aliento impregnado del agrio aroma del whisky nacional.

9. Al terminar el bachillerato quería tocar en una banda de rock. Escribí letras donde, por ejemplo, llamaba a la policía «los perros guardianes de la sociedad». Por cosas así, en una dimensión paralela, me ejecuta el escuadrón de la muerte de Bob Dylan.

Yo quería una vida de chicas tatuadas, erecciones inmediatas e interminables. Un ruido abrumador que me impidiese pensar y en el que mi estupidez, al ser grabada y vendida en discos de vinilo, generase un abundante capital.

El apartamento está alquilado desde hace años,

dice uno de los parroquianos, por eso solo me lo pueden vender a mí, viejo.

Pero tú estás en la goma.

¡Entonces me jodí yo y se jodió el dueño!

10. Nunca estudié música ni abrí un libro de poemas. Me asustaba la incertidumbre de la vida bohemia. Me veía terminando como aquellos *hippies* jurásicos que vendían mierdas tejidas en la plaza de los museos. Los pies descalzos y sucios. El olor de la mariguana mal disimulado tras el incienso de clavo. Frases hiperbólicas tras cada maldito acorde del CD pirata de *Creedence*.

11. Mi vida es descrita por la chica del súper que anuncia las ofertas:

Conoce a Mirna en un curso de inducción en el antiguo Sheraton / Un carro pago, el otro en sus últimas cuotas / Un apartamento de dos habitaciones con política habitacional / Veinticinco días al año en un resort en Margarita.

Si me pusieran una guitarra en las manos no sabría sacarle el primer compás. El barman me señala la botella. Asiento. Cuando la inclina, el líquido acaramelado desprende burbujas. ¿O son brillos?

Seguro, *man*, brillos.

¿Pero ella no tenía un hijo?, dice un tipo con una cadena de la que cuelgan una piedra de azabache y una medalla de la virgen.

Ese es un bueno para nada… Estuvo tres días en la casa y lo encontré en mi cuarto revisándome los bolsillos de la chaqueta.

Los muchachos son todos iguales…
¡El tipo tiene 37 años, chico!

12. Se esperaba de mí que produjese y no fuera una amenaza a mis superiores. Que destacara solo en mi capacidad de acatar órdenes y no quejarme. Reírme de los chistes adecuados y decir guao en la lámina correspondiente de la presentación. Un engranaje confiable, otro sólido ladrillo en la pared. Mi desempeño fue modélico. Un modelo de pusilanimidad y conformismo, pero modélico al fin y al cabo.

13. De golpe, en la reunión de evaluaciones trimestrales, mi di cuenta de que las persianas de la oficina estaban abiertas. Los que en un futuro inminente serían mis excompañeros me observaban atrincherados desde sus cubículos. Había condescendencia, morbo y alivio en aquellas miradas. Yo era el accidente en la vía, visto de pasada.

No quieres brillar, Rogelio, dijo con gravedad el supervisor. Somos la crema, esto es una reserva de titanes, ¿me entiendes? No podemos conformarnos con otra cosa que no sea el estrellato. Somos los protagonistas de la serie y estamos forzados a ser lo mejor o desaparecer, Rogelio. Y tú no tienes ese *drive*, ¿me entiendes? Tú no quieres brillar.

Acomodó una foto sobre el escritorio. Uno foto que yo ya había visto, con su esposa e hijos sonriendo en Orlando. Tras ellos el ratón Mickey hacía la señal de la victoria con esos gigantescos dedos enguantados.

14. Mi orina remueve antiguos sedimentos, levanta una niebla de amoniaco y pachulí industrial.

No brillo, le digo al techo de losa y fluorescentes del baño. La micción es un rumor inconstante: las líneas del Universo, siempre ocupadas.

Yo te conozco, dice alguien a mis espaldas.

Me vuelvo a medias, descolocado. Intento al mismo tiempo abrocharme los pantalones y parecer relajado. Fracaso en ambos propósitos. El hombre en el reservado me señala, la puerta de aluminio abierta. Está sentado sobre la tapa del váter, en su mano tintinea una esclava de oro.

Sí, coño, sí, dice. Del Don Bosco, ¿no?

Lleva un traje gris de buen corte. Una camisa roja abierta en un pecho musculoso. El pulgar bajo la nariz. Esnifa.

Estudiabas Ciencias, estima. Rogelio, ¿verdad?, Rogelio algo…

Busco su rostro en mi memoria, no acabo de cerrar el cinturón, la franqueza y comodidad del otro me desconciertan. Los bordes de todas las cosas del mundo se reproducen hacia adentro y hacia afuera.

¡Marcelino!, exclamo desesperado.

15. Los profesores nos mostraban los exámenes de Marcelino como si fueran unos Rembrant. Su promedio auguraba entradas triunfales en las facultades de medicina, abogacía, ciencias políticas. En educación física emulaba las hazañas de los griegos olímpicos y había ganado varios trofeos en el club de ajedrez. Cadenas de notas discurrían por las aulas

hacia su puesto, escritas con letra temblorosa por las chicas más bellas de la preparatoria.

Y un buen día Marcelino abandonó el salón antes de la hora de salida, desatendió los llamamientos de un par de profesores en los pasillos y se fue de la escuela.

No se supo más de él.

16. Marcelino saluda con la cabeza al barman. Este sirve una botella diferente de whisky. Prepara los tragos con rígida celeridad. Espera el primer sorbo de Marcelino y pregunta:

¿Todo bien, licenciado?

17. Miro el whisky en mi vaso, los brillos como navajazos cobrizos bailando tras el cristal.

¿Qué pasó?, le pregunto. Te paraste y te fuiste y quince años después nos encontramos en el baño de este antro.

Marcelino apoya los codos en la barra. Veo su perfil, un reloj costoso en su muñeca. Los mocasines de piel de cocodrilo. A esas horas las mesas están ocupadas por comensales de baja gerencia y asalariados menores. Otros beben a nuestro alrededor. El aroma amargo de la cerveza, el rumor de las conversaciones y del partido en la televisión.

¿Que qué me pasó? ¿Que qué hago en este antro?, dice Marcelino con media sonrisa. Apoya su mano sobre mi hombro. Esa no es la pregunta, ¿verdad?

Un tipo dobla los brazos sobre la barra y entierra su cabeza sudada, coronada de cabellos encanecidos.

Marcelino acerca sus labios a mi oído.

La pregunta es qué haces tú aquí.

18. Yo lo entendí todo, explica Marcelino.

El barman ha dispuesto chorizos fritos, pimientos morrones. Una tabla de quesos. Las viandas parecen traídas de otro lugar, incluso de otra dimensión.

Tuve una visión exacta de lo que se esperaba de mí y de cómo sería mi destino. De mi posición en el esquema de las cosas. Y apestaba. Era un timo monumental.

Mastica un pimiento, moja el pan en el aceite verduzco.

¿Tú te acuerdas de Robocop? ¿De la OCP? Eran la empresa que quería construir a Robocop. Un policía perfecto fabricado por una corporación perfecta. El mundo es eso. Los tipos con las pistolas y los trajes grises. Lo demás es materia prima y esclavos. Yo iba a ser de la OCP, Rogelio. Porque la OCP ganó. Hace años, tal vez siglos.

Ensarta un chorizo con el tenedor. Una gota carmesí discurre sobre el opaco metal del cubierto.

Y no puedes con ellos. No es posible la revolución. Las ideologías alternativas son ilusorias. Las religiones solo contemplan soluciones en el más allá. Así que llegué a una única conclusión que me pareció aceptable. Porque era eso o pegarme un tiro, Rogelio. Subir hasta el edificio más alto y saltar.

Escoge un triángulo de manchego. Un mordisco en la punta.

Me salí del sistema. Entré en la zona fantasma.

¿La zona fantasma?, pregunto.

La mano de Marcelino da vueltas como si buscase generar una centrifuga que atrajera a la barra, a las paredes cubiertas de fotos de futbolistas y celebridades de cuarta, a las mesas de pino barato y los parroquianos...

19. Nos apoyamos en la fachada del local y encendemos cigarrillos importados. Años sin fumar. El humo tiene aromas de especias hindúes. Toso. Marcelino guarda el Dunhill de oro.

Te botaron, ¿eh?, me dice. ¿Cuánto tenías ahí?

Casi diez años.

¿Te gustaba?

Sigo tosiendo pero no dejo de inhalar. Los ojos se me llenan de lágrimas.

Detesté cada minuto que pasé en esa mierda...

20. Continuamos con el whisky. No bebemos apresuradamente. El alcohol reposa en el vaso lo suficiente para el aroma impregne el ambiente, espante los efluvios del menú ejecutivo. Llaman a Marcelino al celular. Se excusa y se levanta. Por un ventanuco lo veo en la calle, hablando. Asiente, mueve los labios con discreción. Cuando un transeúnte pasa de cerca, oculta el móvil con la mano. Vuelve al cabo de unos minutos.

¿Qué vas a hacer ahora?, pregunta.

No sé, terminarnos la botella, supongo...

¿Quieres ganarte un dinero?

21. Marcelino abre la puerta de su Mercedes Benz. Me dice:

Una vez adentro no hay vuelta a atrás...

Me detengo. Estoy algo bebido, pero aun así entiendo la gravedad de sus palabras.

¿Qué vamos a hacer, Marcelino?

No puedo decírtelo. Por eso te lo advierto desde ahora. Una vez que entras en la zona fantasma, no hay regreso.

Estoy con un tipo que no he visto en años. Que he reconocido en un bar en una parte desconocida de la ciudad. Que habla de la zona fantasma. No sé hacia dónde me dirijo y qué cosas pueden sucederme. ¡Qué malas hubiesen sido todas esas canciones de rock que jamás compuse, Dios mío!

Entro al Mercedes, cruje el cuero crema del asiento del copiloto. Apoyo mis manos sobre la guantera recubierta de caoba.

Okey, digo, okey.

22. Estacionamos el Mercedes en la cochera de un chalet venido a menos en un suburbio venido a menos, al lado de una furgo de un desvaído color celeste.

En el interior del chalet no hay mobiliario. Las ventanas tienen las viejas cortinas corridas, todo está en penumbra. Las puertas de los cuartos cerradas. En lo que parece la habitación principal, Marcelino abre un closet y lanza sobre un jergón desnudo monos azules de pintor. Me tiende un par de botas de obrero muy usadas.

Ponte esto sobre la ropa y cámbiate los zapatos, indica.

Volvemos a la cochera, montamos en la furgo.

En medio de la autopista hace dos llamadas. En la primera dice: abre la puerta, voy llegando. En la segunda dice: en media hora estoy allá.

Frota el móvil contra el mono y lo lanza por la ventana. Enciende la radio y sintoniza la emisora cultural. Par de acordes de música de piano.

Chopin, dice.

23. La mujer fuma en bata, en la barra de la cocina. Un cenicero rebosado, un vaso con hielos derretidos. No lleva sujetador. Pantaletas de seda carmesí.

El tipo con ojeras acaricia la espalda de la mujer. Evita vernos a los ojos. Yo solo puedo pensar en las pecas del pecho de la mujer, en su cuello largo y pálido. El tipo hace un gesto con la cara, señala hacia un pasillo.

Marcelino entra primero a la habitación. Hay un espejo en el techo, cuadros espantosos de mal Op Art en las paredes. Un tipo desnudo sobre una cama circular. Su amplio abdomen como una bolsa a medio rellenar, caída de lado, las piernas velludas y desgarbadas. Los ojos abiertos parecen intentar ver algo en el interior de su propio cráneo. No paro de sudar.

Respira, dice Marcelino.

Mi viejo compañero de estudios coloca las manos del occiso sobre el pecho, le junta las piernas. Empieza a cubrirlo con las mismas sábanas de la cama en donde yace.

¿Cómo vamos?, me dice sin dejar de preparar el cuerpo.

Miro hacia arriba. Mi reflejo tiene el rostro demudado, pálido. Casi no me reconozco vestido con el mono de pintura azul. El pene del muerto es un signo de interrogación pobremente caligrafiado.

24. Hay poco tráfico, la hora punta aún no comienza.

Creo que voy a vomitar, digo.

Aguanta, Rogelio. No puedo parar y si vomitas en la camioneta va a ser un desastre.

No hay apremio en sus palabras, ni molestia. Maneja con un brazo apoyado en el borde de la ventanilla. Respeta las señales de tráfico. En la parte de atrás, el cuerpo está cubierto con una lona de vinil amarillo. Cada vez que el carro frena, la cabeza del muerto choca contra la parte posterior del respaldo de mi asiento.

Respira, me dice Marcelino. Es importante respirar.

25. Yo sostengo las piernas. Avanzamos con cuidado por la casa desierta, rodeados de sacos de cemento, cajas de losa, paredes a medio pintar y muebles cubiertos con periódico. Bajamos por unas escaleras a un sótano. Nuestros pasos silenciosos sobre los peldaños de cemento. Todo el tiempo suplico a una deidad desconocida que no se corra la tela y descubra el rostro, la imposible mirada interior.

Acá, dice Marcelino.

Dos obreros nos esperan, camisetas sucias y cuerpos musculosos. Uno de ellos le sonríe a Marcelino. Dos emplastes de oro. Un bigotillo como una línea pintada.

Licenciado, saluda.

Tienen preparada una mezcla de cemento en una batea. Una organizada pila de ladrillos. Ubicamos el cuerpo en un agujero practicado en una pared.

Es mejor que no veas esto, dice Marcelino.

Pero lo veo. Una vez acomodado, Marcelino recubre el cuerpo con cal viva. Los obreros se tapan el rostro con máscaras desechables y comienza a colocar los ladrillos.

Voy a vomitar, murmuro.

Atrás hay un baño, dice el del bigote sin dejar de trabajar.

26. Marcelino sintoniza la radio. Sintetizador. Una línea de bajo.

«West End Girls», dice. Pet shop boys.

Tararea la canción.

Y yo digo:

No sé qué decir.

27. Ajusto mi corbata. Marcelino lleva los monos y las botas al jardín trasero. Una pared cubierta de arbustos nos separa del mundo. El césped está mal cuidado y crece de forma dispar. Marcelino quema las ropas en una vieja parrillera, me entrega unos fajos.

¿Qué hemos hecho?, le pregunto, mi cerebro un ábaco frenético calculando un monto que supera meses de pago en mi anterior empleo.

Estamos en la zona fantasma, Rogelio. Todo lo que conocías es superficie, la ilusión que recubre lo verdadero. En la zona fantasma es donde sucede lo importante. Acá caminamos en los intestinos del mundo.

¿Y tú te la pasas en esto?

Millones de veces, Rogelio, todos los días. Esto y muchas cosas más.

¡Qué loco, Marcelino!

Enciende un cigarrillo de mariguana. Aspira profundamente. Observa con ojos entrecerrados la columna de humo que asciende por el cielo rojizo del atardecer.

Alégrate, dice. Ahora estas del otro lado. *Ahora sabes.*

28. Guardo los fajos en la caja, junto con las cosas de la oficina. Marcelino me ha instruido para que no gaste grandes cantidades, ni deposite el dinero en un banco. Hemos quedado en vernos la próxima semana, en el mismo bar.

Es ya de noche cuando vuelvo a casa. Después de estacionar el auto me quedo un momento contemplando la ciudad. A esas horas es solo el sonido de cláxones y el rumor de motores, música de salsa y confusas exclamaciones, la suma de miles de puntos luminosos transcurriendo en la oscuridad.

29. Entonces tengo una visión, tal vez como la tuvo Marcelino aquel día, en el aula. Nos veo en nuestros hogares, todas y cada una de nuestras ínfimas existencias. Tras cada pared hay un cadáver, un cuerpo tapiado con ladrillos y cal, la escasa carne convertida en una pasta resquebrajada, los huesos cobijados por las sombras. Nosotros somos ajenos a su presencia, ignoramos por completo esos restos clausurados.

Y el blanco brillo de esa certeza y su intenso resplandor me maravillan.

TERCERA PARTE
EL REINO

ME MANTUVE EN PRIMERA durante unos cuarenta minutos. Cambié a segunda un par de veces y de nuevo a primera. No funcionaba el aire acondicionado y en la radio no paraban de hablar. Escuché tal vez una canción decente: Al Green, «How can you mend a broken heart». Un error en la estación, seguro. Durante todo ese tiempo esperé llegar a la razón de aquel embotellamiento. A la causa de todos aquellos carros en formación, de aquel desfile inmóvil. Imaginé un accidente múltiple. Vehículos volcados, cuerpos seccionados entre hierros retorcidos. Imaginé una manifestación. Una turba multitudinaria que obstruía la vía, habitantes hastiados encendiendo en llamas la ciudad. Busqué una razón. Un digno desenlace. Pero en la radio no decían nada. Comentaron unos *tweets*. Una cantante agradecía a sus «pequeños monstruos». Las tropas rebeldes sirias retrocedían o avanzaban. Debe haber una razón para esto, pensé. El sudor escociéndome los ojos. La tela de la camisa en mi espalda como una ardiente membrana húmeda. ¿Qué evento frenaba todos aquellos vehículos? ¿Qué catástrofe bíblica? Cuando salí de la autopista me pareció que nunca había existido otra cosa que aquel embotellamiento. Desde siempre. Desde que los organismos complejos emergieron del caldo primario. En el ascensor mi reflejo abatido. Me acompañaba un vecino. Dos refugiados de una zona devastada. El vecino dijo: Que tráfico, ¿eh? Asentí. Le pregunté si sabía la causa. Sonrió. Miraba la punta de sus mocasines. Parecía negar con la cabeza.

No pasó nada, dijo. Es el tráfico de siempre. Lo normal.

Lo normal.

Mi hijo esperaba que los billetes se deslizaran por la ranura. Como a la caza de una presa escurridiza. Apenas emergió el dinero mi hijo lo agarró. Rápido. Antes de que volviese a meterse. Como si el dinero fuese un animal asustadizo asomándose en la entrada de su cueva. Una lengua que se burla y vuelve al interior de la boca. Después de agarrar los billetes tuvo cierta resistencia a entregarlos. Ceder el producto de sus esfuerzos. Me dijo: Es muy difícil conseguirlo, papi. Asentí. A sus cinco años entendía claramente las realidades económicas del mundo. Es difícil que se quede con nosotros, continuó. El dinero siempre se quiere ir. Se la pasa todo el tiempo encerrado en esa caja y cuando lo sacas, solo se quiere ir. Lo escuché, frotando entre las yemas del índice y el pulgar la esquina de un billete. Nuevo. Rígido. El dinero siempre se quiere ir. Dejé a mi hijo en la escuela y fui al trabajo. Pagué la luz, compré una tarjeta telefónica. Invité un desayuno a alguien de la oficina. Las palabras de mi hijo volvían a mi mente. El dinero siempre se quiere ir. El fajo de billetes mermó a lo largo del día. El dinero, fiel a su naturaleza, que mi hijo había señalado con precisión, no dejaba de irse.

El cliente dijo que necesitaba el trabajo para anteayer. Sonrió. El trabajo siempre se necesitaba para anteayer. Nos contó acerca del proyecto, de su gestación y desarrollo a lo largo de más de un año. De cómo esta parte, que nosotros debíamos realizar para anteayer, era de suma importancia, tal vez la parte más importante de todo el proyecto, indicó. Le pregunté entonces por qué habían esperado hasta este momento para hacerlo. En la mesa todos voltearon a verme. Mis compañeros entornaron los ojos, mi supervisor sacudió la cabeza. *Darío siempre con sus cosas, Darío siempre con sus cosas*. El cliente sonrió aún más. Tenía una papada rojiza. Americana de *tweed* y chemise amarilla. Un reloj de plata a medias sumergido en su gruesa muñeca. Somos un desastre, me respondió. Alguien empezó a reír. El cliente golpeó la mesa de fórmica, la imagen tembló en la pantalla. El cliente rio y coreamos su carcajada. Somos un desastre, repitió, las palabras insertadas entre los JA de su risa.

Somos un verdadero desastre.

Los gemidos de mi esposa sobre el sonido distante del tráfico nocturno. Su cuerpo cubierto a veces por las sombras. Las luces de los autos atravesaban las cortinas, recorriendo el cielorraso como fantasmas atrapados en el cuarto. Cerré los ojos y me concentré en respirar para no irme. En los momentos más comprometidos recordé entrevistas del presidente de la república. Eso me ayudaba a aguantar. A no irme. Los dedos de mi esposa se hincaron en mi espalda, en mis glúteos. Su cuerpo se estremeció. Me inmovilizó con un abrazo, como si yo fuese un trozo de madera al que aferrarse para no hundirse en el mar. Se rio entre leves temblores. Tomó mi pené con sus largos dedos y lo acarició. Vente, vente ahora, escuché. Mis ojos cerrados, mi cuerpo como recorrido por ondas eléctricas. Después me preguntó si me pasaba algo. ¿Qué sucede?, pregunté, ¿no estuvo bien? Estuvo bien, dijo, estuvo bien pero te siento distante. ¿Distante? Distante, ido. Acarició mi espalda. Sus dedos recorriendo las leves depresiones que habían causado con anterioridad. Cómo si te faltase algo, dijo. ¿Te falta algo?, preguntó. La besé. La besé porque quería besarla y porque desconocía la respuesta a su pregunta.

En la fila del Burger King, Alonzo miraba las fotografías de los combos. Tengo una semana viendo porno, me dijo. En la compu, de todo. Lesbo, *menage, teen*, MILF, *swinger, amateurs*. De todo. Chinas, turcas, africanas, suecas. Mucha niñita del bloque del Este. Mucha menor centroamericana. Dimos unos pasos, nos detuvimos. Ahora *todas* las mujeres se me parecen a actrices de porno. Me jaló la manga, usó sus labios fruncidos, como la punta roma de una flecha, para señalar. Esa, ¿ves? Tiene el cabello rubio pajizo, usa ese polvo brillante en la cara. Las benditas botas peludas que no sé cómo pueden llevarse con este calor, ¿sabes? Una princesa rusa del porno. O la cajera, ¿pillas a la cajera? La del centro. Morena, medio achinada, ¿no? Delgada pero con unas tetas, musculosa, la piel brillante de sudor. Una pinay. Una chica pinay, ¿me sigues? Avanzamos unos pasos más, nos detuvimos. ¿Qué es pinay?, pregunté. Es como una prostituta indonesia o filipina, respondió Alonzo. No estoy seguro. La cajera es idéntica a la que vi anteayer. Usaba un consolador que parecía una de esas espadas de *Star Wars*. Ahora salgo a la calle y, cada vez que veo a una mujer, en mi mente sostiene un pene de hule, chilla conectada a un Sybian. De nuevo nos movimos, faltaban escasos metros hasta la caja. ¿Qué es un Sybian?, pregunté. Es una máquina que tiene una verga de goma y unas poleas y brinda estimulación erótica, respondió Alonzo. Puede penetrar simultáneamente distintos orificios de una mujer. La vagina, el ano, la boca. Arribamos al mostrador, sonreí a la cajera. Indiqué la imagen de una hamburguesa como apuntando a una estrella distante.

Vi varias patrullas. Una ambulancia. Mi hijo jugaba en el asiento trasero con un Power Ranger de poderes animales. En la radio alguien comentaba la actuación de la bancada opositora en la Asamblea Nacional. Al acercarnos descubrí que levantaban un cuerpo. Un hombre joven, vestido con *jeans* y una chaqueta con un paisaje de playa pintado en el pecho. El hombre dispuesto entre la calle y una acera. Inanimado. Casi carente de huesos. O profundamente dormido. Un sueño tan pesado que la incomodidad del asfalto y el trajín de los policías y el sonido de las cornetas y el humo de los tubos de escape no podía alterar. Un sueño imposible e inquebrantable.

Un sueño perfecto.

Le dije a mi esposa que no se apartara de mí. No te van a comer, mi amor, murmuró. En lo que te vayas no voy a poder hablar de nada, dije. ¿Y qué? Escucha, a lo mejor lo que te hace falta es escuchar. ¿Escuchar qué? Lo que vayan a decirte. La pareja anfitriona vino a nuestro encuentro. Mi esposa me había comentado algo acerca de la mujer. Reciente operación de senos. Su esposo era un sujeto bronceado, proveedor de material POP. La piel casi naranja. Sus dientes brillando blanquísimos contra sus labios. ¡Por fin traes a tu maridito, mi amor!, comentó la mujer. Evité verle los senos. Su esposo hizo sonar los nudillos de mi mano al apretarla. Dice tu señora que es imposible sacarte de la casa, ¿ah?, exclamó. Pero te sacamos, ¿ah? ¡Te sacamos! Fuimos a una sala. Nos presentaron a diferentes invitados. El hombre del bronceado me sacudía el hombro exclamando: ¡Lo sacamos de su casa, ah! ¡Lo sacamos de su casa!

En mi sueño los hombres más poderosos de la ciudad se dirigían a una reunión en medio de la noche. El alto mando militar, los jerarcas de la iglesia, las figuras políticas, los capos de la mafia. Viajaban en limusinas por calles desiertas. Los vidrios ahumados reflejando las fachadas oscuras de los edificios, las luces de los postes, los semáforos. El cónclave tenía lugar en un estadio de futbol abandonado. Las limusinas se aparcaban a los bordes del campo. Los faros iluminaban el césped irregular, los pedazos de terreno de reseco polvo gris. Arcos de tubos descascarados, sin mallas. Los hombres poderosos hacían apuestas desde sus teléfonos móviles, sentados en los asientos posteriores de las limusinas, fumando costosos habanos, bebiendo tragos escanciados por sus asistentes. Al cabo de un rato entraron al campo unos viejos autos. Chevy Nova, Maverick, Dodge Dart. Números burdamente escritos con spray sobre los techos, los capós, las puertas. Los coches chocaron entre sí. Colisiones resonando en medio del silencio nocturno. Volcamientos. Géiseres brotando de los radiadores y fragmentos minúsculos de cristal como las salpicaduras de espuma de olas enormes. Hasta quedar un único automóvil rodando sobre el campo. Un solo coche desplazándose entre los otros siniestrados. El ganador del juego. En mi sueño buscaba ver quiénes eran los conductores de aquellos vehículos. Antes de despertar descubría que eran niños. Niños un poco mayores que mi hijo. Sin miedo. El goce y la rabia dibujados en sus rostros.

Me levanté de la silla y abandoné mi cubículo. Me dijeron algo, asentí sin dejar de caminar. Claro, respondí. Resuelvo un asunto y enseguida me pongo en ello. Avancé por un pasillo, abordé un ascensor. Tuve la impresión de que a medida que me alejaba de la oficina un peso sobre mis hombros iba desapareciendo. En el *lobby* del edificio saludé al de seguridad. Un tipo moreno, de cabellos enrulados. Tenía un vago recuerdo de que me había contado alguna vez que había estado en el ejército. El cuerpo de infantería. Vio a otro soldado volarse un pie en un simulacro de combate. Saliendo temprano, ¿ah?, dijo. Una emergencia familiar, respondí. Gané la calle. Un sol radiante. Avancé por la acera y sonó el móvil. Mi supervisor me preguntó si podía consultarme un asunto. Le dije que estaba en la calle. Una emergencia familiar, especifiqué. ¿Grave? Espero que no. Me llamaron del colegio de Daniel, mentí. Me deseó suerte. Me dijo que lo llamase cualquier cosa. Que estábamos a la orden. Se lo agradecí. Yo flotaba sobre la calle. Sobrevolaba el asfalto como un pájaro veloz. Entré en un bar. Ordené una cerveza fría, la más fría que tuviesen en el local.

Mi hijo me mostró los dibujos que había hecho. Los revisamos en el carro. Él sostenía algunos y otros los colocábamos sobre el volante. Yo preguntaba, ¿y este quién es? ¿Qué significa esta escena? ¿Cómo se llama este color? Mi hijo respondía puntualmente, sus decisiones compositivas justificadas en pocas palabras. Mi dibujo favorito nos mostraba a los dos como seres de ojos saltones y bocas que eran una línea de dientes pequeños y afilados, nuestros brazos largos extendidos al cielo en sendas V. ¿Somos extraterrestres?, le pregunté. Sí, papi. Así nos vamos a ver cuando seamos guerreros del espacio, dijo. ¿Y cuándo será eso? Se llevó la mano al mentón, miro el dibujo concentrado. No lo sé, papi, meditó. Primero tenemos que tener el poder. El poder más grande que haya en el universo.

El primer mensaje de Alonzo era incomprensible. Su voz interrumpida por los efectos de una mala señal y la música estridente de un viejo merengue. ¿Bonny Cepeda? ¿Wilfrido Vargas? No pude precisarlo. El segundo mensaje había sido grabado una hora después. Música electrónica, como desde otra habitación. Estoy con Ender y unas mamis, gritaba Alonzo. Unas mamis. Voy a pasar la Master y ver qué pasa, ¿ah? Si no sirve te llamo, Darío. Te llamo y te pago el mes que viene. Se escuchó un golpe. Carcajadas. El tercer mensaje consistía en varias fotos. Desenfocadas, de pobre iluminación. Algo que podía ser, o no, un pezón. Una silueta que podía ser, o no, femenina. Una panorámica borrosa de la ciudad nocturna a través de un balcón. Las luces convertidas en los puntos de inicio o final de caóticas líneas fosforescentes. Le escribí: ¿Estás bien? Respondió cuando volvía a dormirme.

La locura, escribió.

La locura.

Mi esposa se quitó los zapatos. Rozó la grama con los dedos de sus pies. Sentada sobre mis piernas. Los otros invitados ocupaban sillas plegables a nuestro alrededor. Alguien contaba un chiste que implicaba a una liebre, las diferentes policías del mundo y un interrogatorio de tercer grado. El atardecer recubría las cosas con una capa almibarada. Olía a humo de carbón y carnes a la brasa. ¿Por qué vinimos para acá?, me preguntó mi mujer. Llevábamos unos cuantos tragos. Habíamos decidido beber únicamente escocés. Te gusta la barbacoa, dije. Sí, dijo mi esposa, me gusta la barbacoa. Pero este tipo es un imbécil. Tú siempre me dices que Suárez Santiago es un imbécil. Es verdad, asentí. Es verdad. Entonces, ¿por qué estamos aquí? Bebí un trago del whisky importado de Suárez Santiago. Lo paladeé pensando en que no había traído ninguna contribución a la velada. Sonriendo ante el recuerdo del rostro de Suárez Santiago al abrir la puerta y descubrir que había aceptado su invitación. Quiero emborracharte, le dije a mi esposa. ¿Ah, sí?, murmuró. Mordía el borde del vaso plástico. Miraba el horizonte. Seguro que quieres que lleguemos a la casa a ver esas películas cochinas, me dijo. Puede ser. Ella se rio. Su mano me acariciaba el cuello. Me dio un beso y la punta de su lengua era fría, impregnada de whisky. ¿Puede ser?, me preguntó. Puede ser, respondí.

En el parque mi hijo juega con otros niños en una de esas estructuras repletas de túneles, pasarelas y toboganes. Para afinar las capacidades motoras, la afinación mano-ojo. ¿Quién diseña esos nuevos juegos infantiles? ¿Los marines? ¿El ejército norcoreano? ¿Los talibanes? ¿Para qué los estamos preparando? A mi lado una de las madres señaló a un niño rubio. La uña sin pintura, cortísima. Ese, dijo, es mi único proyecto los próximos seis años. Sonreí. Yo era gerente corporativa de alto nivel, dijo, la primera mujer en el cargo. Decenas de empleados bajo mi supervisión. Y lo dejé todo para encargarme de él. Mi primera prioridad. Sonreí. Ella llevaba un bolso enorme. Vi botellas plásticas con agua y jugos naturales recientemente licuados. Vi bolsas de cierre con zanahorias y celeries silueteados con formas de mariposas y hojas. Vi galletas integrales y yogures griegos y mudas de ropa. Yo le había invitado un helado de chocolate a Daniel. Tomamos agua de un bebedero. Las rodillas de sus pantalones manchadas de tierra. Los niños pasaron corriendo a nuestro lado. Daniel gritó: ¡Te voy a matar! La mujer me vio con desaprobación. Sonreí. El niño rubio gritó y se llevó las manos al pecho y rodó por la grama fingiendo su agonía, muriendo de mentira.

Salí del ascensor. El pasillo olía a col hervida y el mármol estaba sucio y agrietado. De algún lugar llegaba una música española. ¿Sarita Montiel? ¿La Jurado? La iluminación era pobre y busqué el 7-Q. Calor. En el móvil una llamada de la oficina. Mentí. Una llanta desinflada. Un tornillo como un poste había jodido la tripa. Volví a leer el mensaje de Alonzo. Confirmé la dirección. Encontré la puerta, el rotulo desvaído y a medio caer, toqué el timbre y no funcionó. Di unos golpes. Se escuchaba un ruido de voces, tal vez un llanto. Volví a tocar. Escuché pasos y la puerta se abrió. Una enorme mujer. El marco entero cubierto. Como una explosión de ser humano. Como si hubiese una puerta de persona detrás de la puerta de madera. Llevaba un vestido verde, con ilustraciones hindúes. Mujeres y hombres practicando posiciones sexuales. Los rostros impasibles y de perfil. La mujer sonreía. Los ojos pequeños y rojos. Todas las facciones de su rostro reunidas en el centro de la cara como los adornos de una torta enorme. Dije: Buenas tardes, vengo a buscar a Alonzo. La mujer asintió. Ya viene, dijo, pasa, tómate un café. Me invitó al apartamento. Una sala pequeña, una salida a un balcón cubierta por cortinas de batik. Un sofá con una tela de motivos africanos, una espesa alfombra persa. Espéralo que ya sale, dijo la mujer y me sentó en el sofá. Me hundí con placidez. Aroma de inciensos y cigarrillo y yerba. Un altar con retratos de un decimonónico general de rasgos árabes, de un viejo hindú de salpimentados cabellos eléctricos, de un joven negro con lentes polarizados que reflejaban el sol. Un televisor pasaba una novela. Las voces de la conversación y el llanto. Una rubia entrecerraba los ojos, bebía de un vaso, sus pensamientos en *off* revelaban pérfidos planes para arruinar la vida de una tal Isabelita. La mujer volvió con un café en una taza sin asa y un plato estampado de arabescos. Está bueno, dijo, tiene cardamomo, ¿lo has probado con cardamomo? Dije que no. Tomé un sorbo. Un sabor fuerte, agradable. Alonzo salió de un oscuro pasillo dando tumbos. Los ojos rojísimos. Mechones de cabello despeinados. La camisa desabotonada, la corbata y los zapatos en una mano. Descalzo. Gracias, hermano, murmuro. No puedo manejar. Tómate un café, mi amor, dijo la mujer. Le acarició el brazo. Los dedos gruesos como mangueras de riego. No puedo, mi vida, me tengo que ir, dijo Alonzo. Sonrió. No se había afeitado. Una mancha verde en los faldones de la camisa. Dejé el café sobre una mesa de madera y cuadros de cristal. Tal vez había restos de un polvo blanco que podía ser o no cocaína. Salimos al pasillo. La mujer nos despidió agitando una mano como un saco de harina. Delicados movimientos. Caminamos. Los pies descalzos de Alonzo. Gracias por buscarme, Darío, de verdad no puedo manejar. ¿Hoy es martes o miércoles?, me preguntó. Martes, dije. Entramos en el ascensor. Alonzo sacó del bolsillo de la camisa una arrugada cajetilla de cigarrillos, se puso entre los labios un cigarrillo a medio fumar. ¿Tienes fuego?, preguntó. No fumo, dije.

Yo también tengo años sin fumar, dijo Alonzo.

En el bebedero Suarez Santiago me pasó un vaso con agua. Me dijo que en la oficina se había desatado la paranoia. Que todos sospechaban de todos. Que cualquiera podía caer. Incluso algunos gerentes. In-clu-so al-gu-nos ge-ren-tes. Lo dijo mordiendo el borde acanalado del vaso plástico, el material haciendo clac clac bajo la presión de sus dientes. Suarez Santiago asintió. Clac clac. Están regando la voz de que es una estrategia de los de arriba. Un cuento para aumentar la producción y no pagar más. Clac clac. Un bulo. Clac clac. Estrujé el vaso entre mis dedos, lo lancé a la papelera. Alguien sacaba una fotocopia. Alguien discutía unas cifras en el computador. Es la jungla, opinó Suarez Santiago.

Clac clac.

Mi esposa se asomó por la ventanilla. El viento olía a mar. Mi hijo hacía sonidos de disparos y explosiones y confrontaba a dos muñecos de músculos imponentes y armas imposibles. ¿Qué ha pasado?, le pregunté a mi mujer. Ella miraba hacia afuera. La espalda pecosa, la tira roja del bañador. Se bajó los lentes oscuros. La barra metálica de la defensa volatizada en una sección de la vía. Una ese negra sobre el asfalto descolorido. Minúsculos fragmentos de cristal rojo y blanco. Vendedores de refrescos y de chucherías y de muñecos inflables viendo hacia abajo. ¿Qué pasó? Casas de ladrillos sin frisar y techos de hojas de zinc en los bordes inclinados de la ladera. Personas que empezaron a salir del boquete en la defensa. Una mujer con la frente sangrando. Un tipo que llevaba a otro apoyado en sus hombros. Uy, qué desastre, dijo un hombre. Bajó del hombro una cava de polietileno, sacó una cerveza y la abrió, le dio un trago y se pasó el frío latón por la frente sudada. Más personas. Algunas heridas, sangre sobre el bañador, sobre el muñeco inflable de serpiente marina. Algunos simplemente atontados. Como extraterrestres que han aterrizado aquí por error. Una mujer con un bolso de playa, jalando por el brazo a un niño que llora. ¡No vuelvo a viajar en ese autobús jamás!, gritaba. ¡No me montó en ese autobús más nunca!

Un Peugeot verde pistacho bloqueaba mi carro en el estacionamiento de la farmacia. Verde pistacho. Bilioso, brillante. El maldito color. Como marcado en mis retinas. Como estallando. Volví a la farmacia y pregunté de quién era el coche. Nadie sabía. Entré a la panadería de al lado. Un par de muchachos compraban unas botellas de refresco, bolsas de papas fritas, nachos. Poco más de veinte años. Uno de ellos llevaba una gorra ladeada, una banda elástica en el antebrazo. Usaba unos Rayban con el marco verde pistacho. No se puede llevar una gorra ladeada a esa edad. A menos, tal vez, que seas una estrella internacional del rap. Y ni siquiera. Ni siquiera. Pregunté si eran los dueños del Peugeot. El muchacho me sonrió. Dijo: Termino de comprar esto y te lo muevo, *broder*. Lo necesito ya, dije. El otro muchacho levantó las manos. Llevaba una de esas sudaderas de tela con capucha. Su piel pálida. Había cortado su barba y bigote en finas líneas, que parecían representar grietas en su rostro. Los bordes de su mandíbula resquebrajados. Ey, dijo, es solo un momento, viejo. No llores. *No llores*. Asentí. Salí del local y tomé asiento en mi coche. En la radio ponían una canción que reconocí como de los Backstreet Boys. ¿Hasta cuándo, Señor? ¿Hasta cuándo? Sintonicé diferentes emisoras. Un análisis de la economía mundial / Reguetón / La captura de un preso fugado / Reguetón / Reguetón. Los muchachos salieron al fin y abordaron el auto. Los seguí. En la radio pusieron a Leonard Cohen. Un demente aún no descubierto en la estación, supuse. «First we take Manhattan». Si hubiese tenido el número de la emisora hubiese llamado al operador para invitarle un trago. Darle algún dinero. Los chicos aparcaron en la calle, entraron a un edificio. Durante un momento estuve sentado en el auto. Mi mente en blanco. Un objeto en reposo. Un dispositivo telecontrolado esperando instrucciones. Entonces salí del carro y abrí la cajuela. Extraje la llave de cruces y avancé hasta el Peugeot. El verde pistacho. El maldito verde pistacho. Como un vómito aerodinámico. De un golpe rompí la luz izquierda de atrás. La alarma se disparó. Apoyé la llave contra la carrocería y la arrastré a lo largo del auto. Una línea irregular como una larguísima firma sobre la pintura. Tomé impulso y rompí el parabrisas. Fragmentos de cristal me cortaron las manos. Gritos. Alguien chillando desde un balcón. A esa distancia no podía saber si era el muchacho de la gorra ladeada o su compañero. Me di a la fuga. Manejé a una velocidad moderada. Respirando con dificultad, mi pecho henchido de aire caliente. Llamas entrando en mis pulmones, insuflándolos de un ardor solo comparable al del centro del sol.

Me quedé hasta tarde en la oficina. Ninguna razón en particular. Tal vez la calma que se apoderaba de los cubículos vacíos. El murmullo de los fluorescentes. La cualidad diáfana de la luz blanca sobre los espacios a esa hora desocupados. Dispuse el contenido de mi cartera sobre el escritorio. Las tarjetas de crédito. La licencia de conducir y el documento de identidad. El permiso médico y el registro del vehículo. Dos fotos carnet de Silvia y Daniel. Tarjetas de presentación de distintas personas. La tarjeta del seguro. La tarjeta del club de clientes de la cadena del supermercado. Billetes de distinta denominación. Unas monedas. Recibos del cajero automático, facturas, recibos de compra de la tarjeta. Una baraja de un álbum del Mundial, que mi hijo me había regalado, de un jugador de la oncena de Costa de Marfil. Una estampa desgastada del Arcángel Gabriel. Vi mi foto y mi nombre impresos en la tarjeta de acceso colgada a mi cuello con una cinta de tela azul. Observé los escritorios de las personas bajo mi gerencia directa. La de los otros empleados, subalternos. Hice girar la silla, una copia china de un modelo Eames, y revisé las oficinas de mis superiores inmediatos. Las luces de la ciudad nocturna a través de las ventanas panorámicas, el hilo de concatenados puntos luminosos del tráfico en una autopista cercana. Un empleado de mantenimiento que llevaba un carro con implementos de limpieza se acercó a darme las buenas noches. ¿Trabajando hasta tarde?, me dijo. No, respondí. Solo viendo. Viendo, ¿ah? Admirando el reino, sonrió. Lo observé extrañado. Hizo un gesto con el brazo, su mano se agitó en el aire, de un lado al otro. Todo esto, explicó. El reino. Las computadoras apagadas, el parqué falso, contabilicé. La alfombra sintética, el cuarto del café, el baño para empleados, los cubículos vacíos.

El reino.